世界から守ってくれる世界

塚本はつ歌
HATSUKA TSUKAMOTO

1

自分がストイックなときって周りの人間もそうじゃないとむかつくらしい。

禁煙中のお父さんは、お母さんがスイカを食べるのが気に入らない。

お母さんは無類のスイカ好きで、夏場は毎日食べていた。九月に入ったいまも、冷蔵庫にはなごりものが入ってる。スーパーに並んでいる限りは買い続けるんだろう。

一方のお父さんはカブトムシ系の野菜が嫌いで、においがしただけで気分が悪くなるんだと。

いままではたばこのせいで嗅覚が麻痺《まひ》していたし、麻痺のおかげで寛容にもなっていたから、なんとか耐えられていたんだそうだ。

そんなにむかむかするなら吸やいいのに、あたしの健康のためにも副流煙を吸わせちゃいけないいんだとか。

たのんでねえし。

お父さんの禁煙は、自身の財政難から来ている。街から絶滅寸前の喫煙所を、いつも頭のすみっこで探してなきゃいけないのも不便らしい。世の中で禁煙の流れが強まっているから、乗り遅れちゃいけないとも思ってるんだろう。そういう、個人的な理由だ。あたしやお母さんが「パパ、体に毒だぞ」なんて言ったことはない。この家の女はサービス精神が希薄なので、お父さんの要求に応えることはないのだ。パパの健康を心配して、かわいく小言を言うような妻と娘……。

男兄弟で育ったお父さんは、「女の育つ過程」というものからキラキラしたフィルターを外せないでいる。あたしが生まれて十四年にもなるのに。「女の子はそういう言葉づかいをしないものだ」とか。あなたの「女の子」はそうかもしれませんけども。

いちばんゾッとしたのは、「お父さんはお下げ髪が好きだな」と言ったときだった。あたしはショートヘアが好きだからそうしている。美容院から帰ってきたとき、お父さんは「たまには髪をのばしたらどう」と言った。セーラー服の襟の上を三つ編みがぽんぽん跳ねるのがどうとかこうとかオエッ（これ以上思い出すのは脳が拒否）！　許せ父よ。あたしがあなたの光源氏的変態心を満たす日は来ない。

お父さんは東京の真ん中に自社ビルを構えた大手企業に勤めている。週末にはわざわざ皇居ランナーになる。四十代向けのファッション誌を読んでいる。ネクタイの長さとか靴とズボンのバランスとかにこだわる。腕時計のコレクションがある。ＳＮＳをまめに更新している。美しい妻がいる。足りないのは美しい娘だけだ。

あ、それから、スイカのにおいのしない家もね。

＊

酒もたばこも一切しなくて早朝ウォーキングを欠かさなかった祖父は、あたしが三つの頃、定年退職してすぐ死んだ。

その父、つまりあたしの曽祖父は、あたしが中学一年生になるまでぴんぴんしていて、九十歳でぽっくり死んだ。

かの人は砂鉄が詰まったようなきついたばこを一日二箱吸っていた。朝ごはんの米粒を口からぽろぽろこぼして動かなくなるまで（つまり死の十分前まで）たばこは彼のそばにあった。灰皿に、吸い殻が一本残ってた。ひいじいちゃんは起き抜けに一本、朝食後にもう一本吸うのが習慣だった。

ひいじいちゃんはひとり暮らしだったけど、死の発見は早かった。氏はあたしとお父さんをランチに招待していたからだ。午前十一時、到着したあたしたちは、食卓でぐったりしているひいじいちゃんを発見した。テーブルの上には食べかけの目玉焼きがあって、手には箸が一本握られていた。もう一本は、テーブルの下にあった。

お父さんは落ち着いていた。あたしと死体を遠ざけるようなこともしなかった。ひいじいちゃんはまるで居眠りしているみたいで、あたしもちっとも怖くなかった。ひいじいちゃんがあたしたちを招待したのは、このためだったようにさえ思えた。

あの日、あたしたちはいつもの父と娘ではなかった。

小説で読んだ修道士のイメージが重なったのは、お葬式が終わってからだ。洞窟の中、厳かに清貧な暮らしをする修道士。無言の仲間っていうか。あの時だけだけどね。

ひいじいちゃんは畑で立派な大根を作ったり、夜通し麻雀《マージャン》したり、いつもアクティブに動いていた。あたしに鮮やかなイカサマを教えてくれたりもした。縁日のスーパーボールすくいで、店主がよそ見しているあいだに、巨大な金色のボール（「キンタマすくうとすてきな賞品！」と貼り紙があった）を素手でつかんでお椀《わん》の中に入れてくれたりとか。あの手さばきは忘れられない。店主の視線を読んだり、隙を逃さず動いたり、嫌疑をかわす演技は見事だった。喉だけで笑う息はいつも渋臭かったけど、あたし嫌じゃなかった。ちなみに賞品は見るからにB品のマグカップだった。

米寿の誕生祝いの日、ひいじいちゃんは子・孫・ひ孫にそれぞれ贈りものをした。

人気俳優のまねをしたんだとか。

「自分の誕生日こそ、普段お世話になっている人に感謝をする日だ」ってセリフにシビれたらしい。

普段はステテコ姿だけど、実はひいじいちゃんはおしゃれだ。ジーンズもいいけど、帽子にジャケット、スカーフでキメた姿が好き。

誕生日のディナーには、暗いベージュ色をしたヘリンボーンジャケットに白のワイシャツ、紺色のスカーフというスタイルで登場した。

ひいじいちゃんのファッションルールは、色をさりげなく揃《そろ》えるところにある。

スラックスと中折れ帽は生成《きな》り。ハットの帯と靴の色とウエストベルトは焦げ茶（ベルトと靴の色が違っているのを見たことがない）。腕時計のベルトも同じ色。ウエストベルトのバックルと腕時計のベゼルは真鍮《しんちゅう》で、靴下はスカーフと同じ紺色だった。そんなじいちゃんなので、プレゼントもすてきだった。あたしには革製の赤いブックカバーと、クリスタルのしおりをくれた。包装紙はやっぱりちょっと渋臭かった。

ひいじいちゃんが生きているあいだ、あたしたちには太い柱によりかかっているような安心感があった。親戚はおもしろいほど気が合わなかったけど、不思議とうまくいっていたのもそのおかげだ。ひいじいちゃんがいなくなったら、ケンカしたわけでもないのに疎遠になった。お正月も会わないし。お父さんとお母さんが露骨にぶつかり始めたのも、その頃からだ。

お父さんは、藁《わら》のように軽いたばこを砂漠の水筒みたいに吸っていた。貴重な水をちびちび飲むみたいに。一日三本って決めた量が減っていくのをなんとか食い止めるみたいに。

いまはそれを絶つためにイライラしている。両親の争いもひどくなっている。

たばこってほんとうに健康を害するんだろうか？

情報では体に悪いってことになっているけど、この空気よりきつい毒など求めても手に入らないんじゃないだろうか。

ねえお父さん。ほんとうにあたしの健康が大事なら。

たばこ吸ってよ。

副流煙よりも、いまの状態のほうが確実にあたしを殺せるだろう。

細胞がぷちんぷちんとつぶれていくのを感じてる。

スイカをやめないお母さんもお母さんだ。そのかわいげのなさには、あたしもうんざりする。

ていうかスイカって。

ケンカの原因がスイカって。

個人的すぎるから誰にも同意は求めないけど、あたしの中でマヌケな響きを持つ日本語のツートップは「しつけ」と「ちくび」だ。

なんか恥ずかしくて口に出せない。意味が恥ずかしいんじゃなくて、単に響きが苦手なのだ。言葉の持つ繊細な深刻さと、軽やかな語感のアンバランスさが気持ち悪いのかもしれない。

この二つを口にするのは人前でおならをするのと同じだ。秘め事を不可抗力で表に出してしまったときの逃げ場のなさ。いたたまれない。あたしにとってはね。誰にも同意は求めないけどね。そのごく個人的な感覚のフィールドに、いま「スイカ」が触れている。

「お父さんがニコチン禁断症状に耐えているのに、お母さんが好物のスイカをやめようともしないものだから、ケンカが絶えないの」

これをあたしの耳はこう聞く。

ぷっぷぷー、ぶりぶりぷすー、ぷりっ、ぷすー。

尻の穴が話すようなことを、いったい誰に聞かせられるだろう？

「俺がこんなに耐えているのに、お前はよく平気でいられるな」

「自分で決めたことじゃない。私に何をしろっていうの」

「俺がスイカ嫌いって知ってるだろ！」

「好きなものを食べてなにが悪いの！」

「お前には思いやりってものがないのか」

「私は譲歩したわ。あなたがいるときに食べるのはやめたわ」

たぶん、お母さんは勝ち誇ったような顔をした。お父さんは激高する。

「においでわかるんだよ！」

「もう吸いなさいよたばこ」

「人がどんな思いで」

あたしの部屋の南側には、四列×三段の木製のスタッキングシェルフがあって、本が整然と並んでいる。本屋さんで選んだ本だけじゃなくて、祖母の家にあった黄ばんだ広辞苑《こうじえん》や、お父さんが読んでいた村上春樹の文庫、神保町で見つけた昭和の漫画や画集、あたしが赤ちゃんのときに気に入りだった絵本もある。

流行りのものには興味がない。周りにはただでさえ情報が溢《あふ》れていて、黙っていても耳に入ってくるから。あたしが自分から手を伸ばすのは、あたしの知らない世界にだけだ。両親が争いをしているとき、あたしはいつも床に座って本棚に並んだ背表紙を眺める。本の数だけ世界がある。

あたしはたったの十四歳で、自分の体で得た言葉があまりに少ない。ちょっと気を抜くだけで簡単に絶望してしまう。同じ空間に人間が二人以上いれば戦争は起きるのだって。違う。ここが世界のすべてじゃない。お前の知らないことがまだまだある。決めつけるな。

本は静かに否定してくれる。無言の声のおかげであたしはなんとか生きている。

スタッキングシェルフの最左列、下から二段目のマスには、銀色のノートパソコンとスマートフォンがある。中学に入学したときにお父さんが買ってくれたものだ。開けば、どんな時代にも飛んでいける。昔のドラマや音楽が好きだ。かつての流行りはいまの古典。

本だってそうだ。この部屋はあらゆる過去に通じている。時代は変わる。流行りも変わる。いまあたしが置かれている状況も、いつかは……。そんな希望が、ここには満ちている。

それでも不安が消えないのは、未来のことがどこにも書かれていないからだ。未来予測じゃなくて、確実な未来。予言なんてものじゃなくて、あたしは未来からのレポートがほしい。

どんなに新しい記事も、投稿も、過去からの呼びかけだ。こんなにあちこちにアクセスできるのに、あたしがいちばん知りたいことは、どうしたって知ることができない。

誰か教えてください。あたしの家は、この先どうなるのですか。

ガチャーン！

お父さんが食器を割ったのだ。お母さんもヒステリックに叫んでる。夕飯をぶちまけられたんだろうな。

あたしは立ち上がる。貧血なのか、目の前が暗くなる。スタッキングシェルフに歩み寄り、天面に置いてあるスエードのアクセサリートレイに手を伸ばした。小さな巾着袋を取る。お守りみたいなものだ。握りしめてベッドにもぐった。争いの音が聞こえないように、耳をふさいだ。

「思わず」とか、「カッとなって」なんて嘘《うそ》だ。

会話に勝ち負けを求めたとたん会話に意味がなくなって、「屈服させるためにはいかなる手段が最適か」という判断の話になって、だいたいはいちばん効率のいいものを選ぶことになって、暴力が起きる。カッとなるから皿を投げるんじゃなくて、勝利を得るためにカッとするようなエネルギーを生み出すのだ。皿を投げるのはお父さんの選択だ。悪霊がそうさせてるわけじゃない。

「私がなにをしたっていうの」

お母さんの泣き声は、内臓を溶かす硫酸みたい。

会話は死ぬほどマヌケなのに、二人の行為も、感情も、反応も、とってもシリアスだ。二人が争うたび、あたしは牛裂きの刑に処せられる。大昔の、残酷な死刑。あたしの足はそれぞれお父さん牛とお母さん牛にくくりつけられてる。二頭が反対方向へ走り出すと、あたしの体は二つに裂かれる。

お父さんはたぶん、メロドラマに出てくるような女を求めてる。「俺の苦しみ」を受け止めて心身を響かせてくれるような女。「俺」が盲目になったなら、一緒に自分自身の目を針で突いてくれるような女。

お母さんは「腹巻きにダイナマイトを仕込むような覚悟」を持った男を夢みている。ニコチン断ちというおのれの決意はおのれ一人で引き受けなければ男ではないのだ。

メロドラマ女も、ダイナマイト男も、あたしにとっちゃ存在しない生き物だけど、両親の中にはそれぞれ生きている。二人は、毎日新鮮な気持ちで互いにがっかりしている。

そう思うと、スイカ中毒も、ニコチン禁断症状も、この戦争の原因ではないのかもしれない。二人のがっかりした気持ちこそが、この牛裂きの事態を生んでいるんだ。言葉にするとマヌケで嫌んなるんだけど。

*

洗面所で顔を洗っていたら、お母さんが洗濯機を回しに来た。寝不足で、昨夜の混沌《こんとん》から抜けきっていない上、今日も朝から小競り合いする声が聞こえていた。

来るぞ。

「あんたまた太ったんじゃない」

あたしは黙って顔を拭く。

「シャツぱんぱんじゃない。脚も、うわ、ギャートルズの肉かよ」

あんた嫌味にしてはユーモアがありすぎだ。

あたしはギャートルズなんて知らなかったので、インターネットで調べていた。登場人物のむさぼる肉はあたしの脚にそっくりだった。足首だけ細くて、ふくらはぎが盛り上がっているから。

「どうしてそんなに固太りするわけ」

体重は増えていない。あたしのガタイがいいのは昔からだ。

お母さんは機嫌が悪いと、あたしの体が膨張して見えるらしい。マシュマロみたいな体だったらまだしも、直線的にガッチリしているのも気に入らないようだ。

「髪もハリガネみたいでかわいそうね」

お母さんは嫌なことがあるたびあたしに八つ当たりする。あたしをいろんな角度から醜いと言う。

「眉毛くらい切りなさいよ。もう！　なんでかわいくしないの！」

あたしの眉毛は小人の釣り竿《ざお》みたく長くて垂れている。まぶたは厚ぼったいし、鼻は低くて大きい。ひいじいちゃんにそっくりだ。おまけに固太りしていて脚は短い。お母さんの中にいる「女の子」とは違うんだろう。面目ないので黙っているしかない。

ここだけの話。

実はあたし、自分の小さな口を気に入っているんだ。

桜貝みたいな色をしているから。

お母さんは髪も長くてきれいだし､体はシェイプアップされていて、細身のブランドスーツを堂々と着こなしている。美人だと思う。

あたしは太ももの内側に隙間がないからミニスカートなんてはけない。

棒のような脚だったらニーハイだって似合うんだろうけど、ギャートルズの肉がはいたらうっ血する。制服のときは紺のハイソックスだけど、縦線が膨張していて、ゴムがふくらはぎに食い込んでいる。

あたしのクローゼットにはTシャツとトレーナーとズボンしか入ってない。その格好で原宿に行ったって構わないんだけど、お母さんが連れて歩きたくないんだそうだ。

いちおうお小遣いはもらっているのだけど、服より本を買ってしまう。挿絵入りの『源氏物語』とか、子ども向けの医学の本とか、『ギリシャ神話』とか。あたしは本屋さんが大好きだ。図書館で借りることもあるけど、表紙がきれいだったり、気に入りの物語に出会ってしまうと買わずにはいられない。すぐにお小遣いを使ってしまうので、いつもお母さんに怒られる。

「本を買うためにお金をあげてるんじゃないんだからね！」

じゃあ、なんのためにお金をくれるんだろう。お母さんはあたしにどうしてほしいんだろう。

やっぱ、女の子らしくなるのがいちばんなのかな。そこはお父さんと一致しているところなのかな。でもお母さんとお父さんの中にいる「女の子」は同じなのかな。セーラー服の襟の上で三つ編み……オエ。

断固拒否だが、両親の「女の子」になるのなら少なくともやせなきゃいけないだろう。

あたしはいま、お腹が空いて仕方がない。三ヶ月前、初めての生理が来た。身長もぐんぐん伸びて、胸もちょっとふくらんできた。あたしが成長期なんだってことは、医学の本と保健体育の授業が教えてくれた。お腹がとんでもなく空くのも、眠くてたまらないときがあるのも、体が育ってるからだってことを、あたしは知っている。

お母さんはひと通りあたしをけなすとキッチンに行ってしまった。あたしが起きたときにはきれいになっていたキッチン。夜中、お母さんは一人で、泣きながら、床にぶちまけられた夕飯を片付けたんだろうな。

お父さんはすでに出勤している。お母さんがせっかく作った弁当は、ごみ箱に捨てられていた。箱ごと、全部。

ここが不思議なところなのだけど、お母さんは前夜になにがあっても、翌朝にはお父さんの弁当を作る。あたしにはまるで苦行のように見える。

お父さんは今朝それを捨てて仕事に行った。小競り合いの末の、母への腹いせだ。

ごみ箱の中で、ごはんや卵焼きやスナップエンドウが混ざり合っているのは、とっても鮮やかで、山下清の貼り絵みたいだった。

食卓に座ると、お母さんがトーストとヨーグルトとココアを出した。うつむきがちなのは、あたしをけなしたことを後悔しているからだ。お母さんのしょんぼりした顔を見て、あたしはようやく腹が立ってくる。

朝食を捨ててやろうかと思ったけど、このきれいな焼き色を殺してしまったら、あたしは今日いちにちしょんぼりしなきゃならないだろう。まっぴらごめんだ。

ゴールデンブラウンの表面に、バターといちごジャムを塗る。トーストはとってもおいしい。お母さんがお気に入りのパン屋さんのやつだ。分厚くて、ちょっと甘くて、焼いてもしっとりしている。魔法みたいな食パンだ。

お父さんもお母さんも、お気に入りをたくさん持っている。

この家の中には、二人のお気に入りがたくさんある。

それはあたしが二人のオキニイリになれないからかな、とちょっと思う。

あたしはおいしいトーストを二枚食べる。一枚だけだと、二時間目でお腹が鳴ってしまうんだ。

2

「ねえねえいいでしょ、ねえ、薫子《かおるこ》ちゃん」

この清楚《せいそ》な響き。薫子。あたしの名前だ。いかつい外見なのに、薫子。名づけたのは我が父だ。お父さんの中にいる「女の子」がどんなだかよくわかる。中学の入学式で紺のハイソックスをはいたあたしに、「白のほうが……」とか言ったことを思い出す。おえっぷ。

どうせ頭に浮かべていたのはくるぶし丈の靴下だろう。

お父さんは確実に変態だけど、たまの気持ち悪さを別にすれば実害はない。あたしは彼の「女の子」ではないし思い通りにはならないということも、理解はしているようだ（あきらめてはいないみたいだけど！）。だからあたしたちは家族でいられる。あの人は無自覚なだけだ。無自覚な変態っていちばんかわいそうかもしれない。だってお父さんは自分のことかっこいいと思っているんだもの。外見はハンサムなのに頭の中がスケスケなのって、頭皮がスケスケでお腹がぷよぷよの人よりずっとかっこ悪い。というか対比がおかしいか。あたしはハゲ頭や出っ腹にかっこ悪さなんか感じないもの。

「ねえ聞いてる薫子ちゃん」

さっきからうるさいのは、クラスメイトの中鉢《ちゅうばち》だ。中鉢章雄《あきお》。床に膝をついて、あたしの机に頬杖《ほおづえ》してる。

「いやだ」

「どうしてよ、むずむずするのよ、その眉毛」

「なぜ七五調なのか」

「切らせてよお、ねえ、悪いようにはしないから」

「毎朝毎朝しつこいなあ」

「ケチ」

中鉢はジャージ姿だ。朝、校門で先生に捕まって、指導室に連行されたから。

『セーラー服を脱がさないで』はいまや中鉢のテーマソングだ。

中鉢が女子生徒の格好をして校門突破を試みるのは、もはや毎朝の光景だ。朝の挨拶当番の先生が、腰を落として構えている脇を、全速力で駆け抜けるのだ。第一関門を抜けたとしても、下駄箱のあたりに体育の鈴木先生がいるものだから、あえなく御用となる。

何度失敗しても、中鉢はあきらめない。

女子として生活することを認められるまでは。

「『悪法もまた法なり』とソクラテスは言った」

あたしはカバンから生徒手帳を取り出し、机に押しつけた。正面突破なんて、あまりに無謀だ。

「あたしも制服はなくてもいいと思ってるし、中鉢の希望が通るべきだとも思ってるけど、これが法であるからには従わなきゃいけないんだよ。ほら生徒手帳のここ、男子生徒と女子生徒の絵が入ってるでしょ」

オトコノコは学ランを着て、オンナノコはセーラー服を着る。

「法を守ってこそ、法を変えようという主張にも耳を傾けてもらえるんだと思う。……うわ、なにそのむかつく顔」

中鉢は小指で鼻をほじっていた。

「バッカみたい。そんなん言ってるあいだに中学卒業だっつの。ボクは生活を認められたいんだから、いま勝負つけなきゃ意味ないっしょ」

中鉢は生徒手帳の上に、Ａ４サイズの紙を叩《たた》きつけた。生徒会に提出するための要望書だ。性別ではなく個人の意向で制服を選べるようにしてほしいと書いてある。

「うんごめん。たしかにそうだ」

賢ぶってソクラテスとか言ったものの、名言よりも中鉢の思いのほうがずっと強かった。

実は、親と先生と三者面談をして話をつければ、個別の措置を取ってもらえる可能性もあるらしい。生徒会に働きかけなくても、セーラー服を着て通学できるようになるかもしれないってこと。

だけど中鉢は、親の協力は得られない。ときどき目を覆いたくなるくらいに、まっすぐぶつかっていくしかない。

中鉢の果敢な働きかけは、理解のある先生（保健室の先生だ）の助けもあって少しずつ実を結んできた。

男子トイレではなく職員トイレを使えるようになった。体育の着替えも、男子更衣室ではなく保健室でできるようになった。

「一歩の行動は、百分の演説に勝る」

中鉢はふんぞりかえった。

「誰の名言？」

「自作」

「へたくそ」

憎たらしい顔を作りながらも、あたしはソクラテスにお引き取り願うため生徒手帳を閉じた。中鉢は脇腹をくすぐられたみたいにふわっと揺れた。

どうやらあたしと中鉢のあいだには友情らしきものがある。

「わたし薫子ちゃんのこと好き」

中鉢の一人称は「ボク」と「わたし」が混ざる。

「そんなこと言っても眉は切らせないけどね」

「眉で印象変わるんだよ。やってみようよ。ああなにその柳みたいな眉毛。切りたいぃ」

中鉢は空を揉《も》んだ。その頭は丸坊主だ。

ちょっとだけ、髪が伸びたんだな。

おでこの傷はまだ消えていないけど。

頭頂部から耳にかけてのきれいなカーブがゆらゆらしている。あたしはほれぼれする。

中鉢は大きな目をしている。笑うと目尻にまつげがたまる。輪郭は完璧な卵型で、まるで若手俳優だ。

「後悔はさせません」

「いやだって言ってるでしょ」

「なんで？」

あたしにもわからない。お母さんにも「眉くらい整えろ」と言われているのだし、ＯＫしたっていいのに。

「中鉢といると悪目立ちするんだよ。騒がないで」

さっきからクラス中の視線を感じてる。ちくちくするっていうよりは、もわもわするって感じ。

「そんなの気にするタマかよ」

中鉢は頬杖を深めた。右目の下に皺《しわ》ができる。

こいつは天使なのか？　とたまに思う。

色ボケして「マイエンジェル」とか思ってるんじゃなくて、天使という名の地球外生命体とでも言おうか。中鉢を見ていると、人間ってなんだっけ？　って思えてくる。わけわかんなくなって、不思議な気持ちになってくる。誰にも感じたことのない気持ちがする。こいつが人間じゃなければなんだろうって考えた。ぴったりの言葉はわかんなくて、天使っていうのがいちばん近いかな？　って結論を出した。

中鉢がカミングアウトしてそろそろ三週間になる。

夏休みが明けて間もないある日の、ホームルームでのことだ。彼女はやにわに手を挙げ、こう言った。

「わたしはいま男子の格好をしていますが心は女です」

クラスはシーンとしていた。先生も目を白黒させていた。

そ、そうか、よく打ち明けてくれた、とか言っていたけど、頭が追いついていないのは見てわかった。性についてのビデオを観たり、クラスで意見交換したり、矢継ぎ早にいろんな取り組みがなされたけど、上滑りしてたし。先生の危惧に付き合わされてるだけの時間だったように思う。

心配しなくたって、あたしたちは性のあり方が独特だというだけで中鉢をいじめたりはしない。そんなダサいことできないっつうの。

ただ、戸惑いはあった。みんなが中鉢から遠ざかったのはたしかだ。

中鉢がまずいことをしたわけではない。

あたしたちにとっては、いきなり巨大マグロを目の前に置かれたようなものだった。「さあどうぞ！」と言われても、さばけない。

教育ビデオも、意見交換も、勉強にはなった。だけど、マグロ用の包丁を得ることまではできなかった。もとより耳年増だ、定型化できない性があることだけじゃなくて、いろんなかたちの愛があることだってとっくに知っている。道徳や社会科、国語など、複数の授業で扱われたトピックでもあった。授業を受けたときには、自分とどんな違いがある人でもきっと理解し、受け入れるって思った。性別どころか年齢も人種もボーダレスがスバラシイってわかっている。

教科書の内容はすんなり受け入れられたのに、半径五メートルの距離で起きたこととなると話は別だった。

あたしたちは中鉢とうまく話ができなくなった。彼の顔を直視できなくなった。自分でもどうしてだかわからなかった。自分は差別主義者だったのか？　そんな不安さえ生まれた。頭では「多様性」という言葉をタイピングできたとしても、お腹の奥は素直に驚き、呆然《ぼうぜん》としていた。

お腹の奥には開閉式の屋根があって、腑《ふ》に落としたくないものに出会ったときには閉じるようにできているらしい。行き場を失った「現実」は、あっちこっちを転がり回り、あたしたちを揺らしに来た。

中鉢のカミングアウトに動揺するなんて、あたしたち、めっちゃ心せまいじゃん。

あの感じ、集団挫折とでも呼べばいいのかな。

言ってしまえば、世界の崩壊だった。あたしたちはクライシスに陥った（この言葉は最近のお気に入り）。自分が何者かわからなくなった。無意識に差別的な言葉を出してしまうのではないかと身構えるようになった。自分の言葉が信じられなくなった。

その対応策として中鉢への攻撃や排除に至らなかったのは、ひとえに耳年増のおかげだ。「それはダサい」という知識が平和を守ったのだ。見せかけの平和だったかもしれないけど。

中鉢は、クラスで孤立したから。

あたしたちが直面していたのは、中鉢への接し方がどうとかいうよりも、いままでどういうものを「普通」としてきたのか、いままで唯一無二だと信じていた世界がどういうものだったのか、なぜ世界がひとつだと無邪気に思っていられたのか、という謎を解く必要だった。誰に教えられたわけでもないのに、まるでサブリミナルを浴び続けたみたいに体に染み込んでいる「普通」を自覚する必要だった。

あたしたちはお腹の奥に張られた屋根の開け方を見つけ、現実を腑に落とさなければいけない。

あたしの体は女で、そこに疑問もないけど、それは一つの形態に過ぎなかったということに、まずあたしたちは驚いていた。なぜ驚きがあるのかということを考えた先に、きっとマグロ用包丁がある。ううん、「作る」ってほうがいいのかもしれない。この先にあるのは鍛冶場。あたしたちは鍛冶師だ。

「中鉢は少しも変じゃないんだ。違いを認め合って仲間との結束を強めよう」

なんて先生が言っていたけど、そういうことじゃねえだろ（ていうか変とか言って中鉢に謝れ）、とクラスのみんなが思っていた。

中鉢だって、その場にいたのに。

自分自身をさらけ出したら議題にされて、あまたの目にさらされるというのはどんなものだろう。視線は矢になって心を刺しはしなかっただろうか。差別はいけないとか認め合おうとかいう隙のない正論は、ほんとうの声を出そうとする口をふさぐ猿ぐつわにはならなかっただろうか。そうだ、あたしたちは「中鉢に謝れ」と思ってはいても、口には出さなかった。先生が望む通りに正論を話し合った。拒絶こそしなかったものの、中鉢を受け入れようとしたわけではなかったのだ。

「受け入れる」ってなんなのかわからなくなっていたから。

あたしたちの集団挫折は、無意味な優越感との戦いでもあった。うっかりすると、受け入れて「あげる」って思いそうになっていた。

中鉢対あたしたち。一人対二十九人。少数対多数。多数派がつくるかたちの中に、少数派をどう組み込むか。そういう文法で「受け入れる」を考えている自分に気づいて戦慄した。

あたしたちは言葉がないと考えることができない。その言葉は、長い歴史の中で、多数派によって編み上げられてきたものなのかもしれない。そこから抜け出して物事を見ることは、不可能なのかもしれない。受け入れるってなんなの？　結局、「あげる」ってことになっちゃうの？

装備もなしにエベレストに登れと言われたような心地がした。

中鉢はあたしたちの判決を待っているわけではない。そんなことわかりきっているのに。あの授業のあと、中鉢はふっきったみたいに生徒会に要望書を出したりしていたけど、行動エネルギーを隠《かく》れ蓑《みの》にしてあのときのことを思い出すまいとしているように、あたしには見えた。

あたしたちは、世界の崩壊にどう向き合えばよかったの？

先生はあたしたちの疑問に気づかない。あたしたちが自分の疑問を言葉にできないことも、わからない。授業をして、適切な指導をして、あたしたちの話す正論を鵜呑《うの》みにして、もう大丈夫だって思ってる。先生はあたしたちをバカだと思っているんじゃなかろうか。たまに、そんな疑いを抱いてしまう。疑問を言葉にできないことがバカの証だというんならそうなんだろうけど、だとしたら学校の必要なんてない。

ところであたし、中鉢がカミングアウトしてくれたことで、一つ感謝してることがあるんだ。

四月の初め、体育でフォークダンスをやった。

いまどきフォークダンス、とあたしの話を聞いたお母さんは笑っていた。

「クラスの親睦を深めて結束を強めるため」だそうだ。結束って言葉、学年の先生みんなが使う。あたしたちってスパゲティなのかしら。

クラス替えして間もないのに異性の手なんて握れない。男子も女子ももじもじしていた。

体育の鈴木先生は「恥ずかしがるなよー」と笑っていた。

そして、こう続けた。

「この世には男と女しかいないんだから！」

その瞬間、あたしたちは固まった。頭の上に、一斉にクエスチョンマークが浮かんだ。

クラスが一つの意識になっていた。ほんとうに一瞬のことだったから、先生は気づいていないだろう。あたしたち自身、なんで固まったのかわからなかった。

「ああ、まあ、そうだよね。男と女しかいないよね」

陰に陽に不本意な納得を示しつつ、のろのろと輪を作るほかなかった。

中鉢がカミングアウトしたとき、あたしはそれを思い出したんだ。

あのときの違和感を。

――この世には男と女しかいないんだから恥ずかしがるな。

まずこの式の意味がわからなかった。男と女の二種類しかいないのと、恥ずかしがらなくていい理由がどう繋《つな》がるんだろう。

もしも「地球上には男と女しかいないんだから生物同士仲良くしようじゃないか」という意味ならなおさら、中学校の体育館で言うものではなかった。あたしは同じようなセリフをテレビから聞いたことがある。昔のドラマの再放送で、セクハラおやじがホステスさんに迫るときのセリフだった。

先生たちはセックスを想起させる話題や言葉にはびくびくしているくせに、自分がソレをどう扱っているかってことについては無自覚だ。

この世界はほんとうに男と女だけなの？　そんなにぱっきりと区別できるものなの？あたしたちはいままで生きてきて、経験的に、この世界がグラデーションでできているって知っている。泣きたい気持ちと笑いたい気持ち。怒りと喜び。マラソンしてると途中からテンション高くなるみたいに、苦しさと気持ちよさだって、隣り合って溶け合っている。一見、相反しているものはそれぞれ半円のかたちをしていて、二つ合わさって円になる。水に二色の絵の具を溶かしたみたいに、つなぎ目は美しい濃淡を描いている。

男と女しかいない。まるで定規で線を引くみたいな言い方に疑問を覚えたのは、あたしたちの経験が鳴らした警笛だったんだ。

あれはそもそも、乱暴な言葉だった。というか、ただのヤジだ。

あたしたち、ずっと前から、先生たちが断言するほど世界が単純じゃないってわかってる。一斉に浮かんだクエスチョンマークは、あたしたちの知性が反応した瞬間だったんだ。「断言」の大半が乱暴なんだということを、自分がとっくに知っていることを知った瞬間だったんだ。

あたしたちはずる賢いから、頭の中に仕分け機を持っている。先生の喜ぶ質問がどんなもので、投げかけてはいけない質問がなんなのかをわかっている。

あたしたちは日常的に、クエスチョンを闇に葬っている。もしかしたら、見たこともないような美しい花の種かもしれない、クエスチョンを。中鉢のおかげで、一粒だけでも助け出すことができたのは、とってもすごいことだと思うんだ。

いま、眉毛なんかのことで丁々発止できるのは、中鉢の行為がフォークダンスのことを思い出させてくれたからだ。彼女はあたしのかけらを救ってくれた。そのお礼の気持ちが、戸惑いから距離を置くことに力を貸してくれたんだ。

あたしもまだ、中鉢の外見は男の子にしか見えないし、「わたし」と言われればひそかにびっくりするけど、このくらいならすぐに慣れていくだろう。

中鉢はあたしの眉毛が気になって仕方ないから、つきまとってくる。眉毛くらいどうでもいい（よくないけど！）話題だからこそ、勢いまかせに来ることができたんだろう。

ちょっとした歩み寄りのおかげで、あたしと中鉢のあいだには友情らしきものが流れている。歩み寄りってのも違うかな。偶然とかご縁とかいうほうが近いのかもしれない。

中鉢の勇気が引き寄せてくれたご縁だ。

こういうふうになれてよかった。あたしが慣れれば、ほかの子も慣れていくと思うし。

あたしたちが直面しているクライシスは、けっこう途方もない感じで、十四歳の鍛冶師では刃も作れない。だけど、「慣れ」も一つの知恵なんじゃないかな。頭じゃなくて体が持ってる不思議な知恵だと思うんだ。

3

お父さんが出ていった。

行き先はわかっている。あの人は実家大好き人間だ。東京プロパーっていいですね。あたしもそうですけどきっと大人になっても実家を避難場所にはできないだろうな。

地方出身者のお母さんには行く場所がない。

だからといって、お父さんが家を飛び出すのは「お前には行く場所がないから俺が出ていく」みたいな最後の愛情めいたものが理由ではない。

さっきのお父さんも怒りに青ざめた顔をしていたけど、「ママンのカレー食べてゲームしーよっぺ」みたいなうきうき感がスケスケだった。こいつなんで結婚したんだろう。

なんて、茶化したようなこと言ってるけど、悲しくないわけがない。

あたしはお父さんとお母さんのあいだに生まれた。お父さんとお母さんが反発し合うのは、あたしの体が二つに裂かれるってことだ。あたしはまだ、へその緒が完全に切れていない。赤ちゃんの領域に片足が浸ってる。お父さんとお母さんの悲しみはあたしの悲しみだ。体の中にいっぱい流れ込んでくる。そのたび細胞がつぶれる。空気の入った緩衝材を指でプチッとつぶすみたいに、簡単に。

お父さんはかっこ悪い。だけどあたしの大切な人だ。

お母さんは心にスチールウールをまとっている。灰色で、かさかさで、頑なに見えて実はよく燃える。理科の実験ならおもしろいけど、家族としてはめちゃくちゃめんどくさい。

それでも、世界でいちばん好きな人だ。

大好きな人たちが戦争すると、あたしの体に穴が開く。戦争は、副流煙よりも効率よくあたしを殺せる。

言うまでもないけど、今日のケンカもスイカがきっかけだ。

お母さんがお父さんの目の前でスイカを食べた。旬を過ぎたおいしくもないスイカだけど、「あんたのニコチン禁断症状にはうんざりだ」という意思表示だった。パフォーマンス効果は絶大で、お父さんは激怒して家を出ていった。まったくくだらない。

お母さんはシンクに捨てられた肉じゃがを片付けている。お父さんは激高すると料理を捨てるけど、それだけはほんとうにやめてほしい。彼は、あたしたちが食べるはずのものの、あたしたちの体を作り得たものをゴミへと変えた。あたしたちに「生きるな」と言っているのと同じだ。

お母さんは石でできたお面みたいな顔をしている。あたしはお母さんを手伝おうとしたけど、体が動かない。リビングに漂っている氷の砂粒に固められてしまう。

黙々と片付けをしている背中の動きがあたしになにを働きかけたか、突然、お母さんの中に小さな女の子が見えた。お母さんが小さく見えたんじゃなくて、その体がぽっかりと暗い穴みたいになって、中に女の子が見えたんだ。

幼い女の子が、あたしを見ている。あれは、小さい頃のお母さん?

女の子は悲しげな目をしてなにかを伝えようとしている。聞き取ることはできない。口をふさがれているから。女の子の背後から伸びている二本の手が、口をふさいでいる。

その手の主は、大人のお母さんだった。

あたしはときどき、こういう映像を見てしまう。たぶん、へその緒のせいだ。

舌の奥で鉄の味がした。逃げるように部屋に戻った。片付けを手伝うことさえできない。お母さんごめん、お母さんごめん、って、頭の中で何度も謝る。

電気をつける気にもならなくて、ぼんやりしていた。

スタッキングシェルフの脇には壁に取りつけられたフックが二つある。

一つにはセーラー服がぶら下がっている。黒い襟に白色の三本線と、朱色のリボン。このデザインは、たぶん戦前から変わっていない。何十年ものあいだ、女の子にこの服が与えられてきた。戸籍上の性別、生まれたとき親やお医者さんが判断した性別における、女の子に。

その隣には、シンプルな通学カバンがかかっている。白い肩掛けカバンで、これまた年号をまたいだデザインだ。クラスの子はキーホルダーをつけたりシールを貼ったりしてなんとかデコレーションしている。絵の上手な子は、黒のマーカーで見事な模様を描いて先生に怒られていた。あたしのは、なにもない。校章があるだけの、買ったままの姿だ。カバンも服も自分自身も、飾るということに対して、あたしはどこか他人事《ひとごと》だ。

カーテンのふちが、白い波を縫い取ったように光っていた。

風が涼しくなったなあ。

ベランダに出ると、大きな満月と目が合った。練馬の空気はきれいとも言えないけど、夜のにおいって好きだ。金木犀《きんもくせい》の香りが混ざるこの時期は、なぜだか気持ちが大きくなる。慌ただしい未来が待っているような予感が湧く。なんでもできそうな、わくわくした気分。

金木犀にはそんな力がある。

どこかで赤ちゃんが泣いてる。誰かがテレビを見て笑ってる。マンションひしめく住宅街は、家のそれぞれの音がとっても近い。

ベランダの手すりにもたれて耳をすませていた。

下に目を移すと、人影があることに気づいた。あたしの家はマンションの二階なので、地上の様子がよくわかる。人影は駐輪場と植え込みのあいだを行ったり来たりしていた。

「中鉢」

身を乗り出すと、彼女はベランダを見上げた。

暗くて顔が見えない。体を引っ込めて玄関に向かった。お母さんは「どこ行くの」とも聞かなかった。凍った空間にあたしを置きたくないと思うくらいには、お母さんは娘を愛している。

階段を降りると、駐輪場の隅に細長い影が立っているのが見えた。

「薫子ちゃん」

中鉢があたしの家の場所を知っているのは、以前にちょっとだけ来たことがあるからだ。

二週間くらい前のことだった。

中鉢が丸坊主にされた日だ。

塾の帰り、あたしは駅から少し離れた公園で偶然中鉢に出会った。中鉢はきまり悪そうにしていて、あたしも声が出せなかったけど、おでこから血が出ているのを見たら一気に冷静になった。

学校用のカバンにはティッシュも絆創膏《ばんそうこう》も入れていたけど、塾用のには勉強道具と財布しかなかったので、家に連れていった。ハンカチは持っていたので、道の途中でおでこに当てた（後日、中鉢は新しいハンカチをプレゼントしてくれた）。

中鉢は、マンションの中に入ることをためらった。あたしは救急箱を持って外に出て、駐輪場で手当てした。

傷そのものは浅かった。バリカンが当たったのだろう。

あたしが手当てしなきゃと思ったのはおでこの傷だけじゃない。

中鉢は髪を奪われたのだ！

あたしはハリガネみたいな直毛だし、お母さんにしょっちゅうけなされているけど、あたしの大切なものだ。あたしの髪を好きにできるのはあたしだけだ。

それは誰にでも言えることだ。

あたしは中鉢の髪の手当てをしたかった。残っているのは首や肩に張り付いているわずかな毛と、かたちのいい坊主頭だけだったけど、失われてしまったものにも手は当てられる。ううん、当てなきゃいけない。あたしの使命だとさえ思った。

あれを怒りというんだろう。

消毒をし、絆創膏を貼っているあいだ、あたしの頭の中には映像が流れていた。中鉢のお父さんが、彼女に馬乗りになってバリカンを当てていた。あたしは何度も目を閉じた。ギュッてまぶたが勝手に降りた。見たくないって体が言っていた。

あの映像は、亡き髪に触れた証だったんじゃないかな。残酷に刈られてしまった髪は、まだ中鉢の近くにいたんだ。

「ありがとう」

中鉢は、転んだところを見られたとでもいうように笑っていた。

「セーラー服を着てること、バレちゃった。お母さんが勝手にカバン開けててさ。お父さんに即報告」

あたしの皮膚は不愉快にざわついた。勝手にカバン開けて。即報告。気味の悪い言葉が並んでいた。どこがどう嫌なのか探るのさえ怖い。終始暗闇のホラー映画みたいだ。

「わたしの部屋を家探《やさが》しされるなんてしょっちゅうだったから、気をつけていたつもりだったんだけど。ぬかった」

中鉢は頭を撫《な》でていた。現実を自分に教え込むみたいに。

「さすがにこれは、ないよね。なさすぎて、ちょっと散歩に出ようと思って。そしたら薫子ちゃんに会っちゃった」

笑っているのを見たくなかったので、あたしは中鉢の鼻をギュムッとつまんだ。

「帰れる？」

中鉢はおどけてフガフガと鼻を鳴らし、あたしの手を取った。

「帰るよ」

鮮やかな声だった。闘志を秘めた目に、あたしはほれぼれした。

翌朝、坊主頭にセーラー服の美人が校門を駆け抜けたのは、言うまでもない。

「中鉢」

いま、あたしと中鉢は、先日の再現みたいに向き合っている。

「どうしたの」

中鉢はしばらく黙っていた。あたしは待った。彼女は決意したみたいに腕を上げた。セーラー服の襟が見えた。あたしは説明を受け取るようにしてセーラー服を持った。まぶたが降りた。

セーラー服が、ずたずたに切り裂かれている。

「お姉ちゃんに、悪いことしちゃった」

外灯の影に濡《ぬ》れた微笑みは、寒気がするほどきれいだった。

「思い出の制服なのに」

「あんたが切ったわけじゃないんでしょ」

「うん」

「切られたんでしょ」

「うん」

「あんたは悪くないじゃない」

「そうかな。ボクが」

「黙れ」

制服のもとの持ち主は、彼女のお姉さんだ。中鉢がセーラー服を譲り受けたということは、お姉さんは彼女を理解していたんだろう。励ましてくれたんだろう。

中鉢のお父さんは、セーラー服と一緒にその開かれた優しさを切り裂いた。

制服を切り刻むのは、料理を捨てるのと同じことだ。喜びを奪う呪いだ。食べることが大好きなあたし、セーラー服を大切にしていた中鉢。喜びを奪われると、あとには大きな穴が開く。穴はブラックホールみたいにあたしたちの生命力を奪っていく。

その効果を知る人がよくもこんなにいるものだ！

おかげで、坊主頭の美人はいま、体の中がからっぽだ。

そこまでしてこいつをどうしたいんだろう。

ふと、父の顔が浮かんだ。

おばあちゃんのカレーはおいしかっただろうか。膨れたお腹を抱えて、大好きなシューティングゲームに興じているんだろうか。

「くそじじい……」

三鷹《みたか》の祖母の家に呪いを飛ばした。ラスボス登場の直前でゲーム機が壊れればいい。

「へいきなんだよ」

中鉢はへらりと口角を上げた。長くは続かなかったけど。

「す、少し、さ、散歩に、出ようと、思っただけ、で」

あたしは制服を丁寧にたたんで、中鉢に戻した。

「ちょっと待ってて」

階段を駆け上がって部屋に行き、財布とパスモをショルダーに入れた。スマホは持っていく気にならなかった。クローゼットからパーカを出し、スタッキングシェルフの天面にあるトレイから布袋を取る。手のひらに収まるかわいさの、サテン生地の巾着袋だ。

これは、ひいじいちゃんからもらったものだ。米寿のお祝いの席であたしたちにプレゼントを配ったとき、一緒に渡してくれたものだ。

当時、あたしは小学生だった。ひいじいちゃんの言葉の意味もよくわからなかった。

「薫子が十五歳になるまではこの家を保存しておくようにと遺言を書いたのさ」

十四歳のあたしには、もうわかっている。

革のブックカバーやクリスタルのしおりもすてきだったけど、あれはカモフラージュでもあった。

「逃げ場」こそ、ひいじいちゃんからのプレゼントだったのだ。

4

ひいじいちゃんの孫はあたしの父のほかにもう一人いて、ひ孫もあたしのほかに二人いた。ひ孫の太郎と次郎（仮名）はもとより疎遠だったからか、ひいじいちゃんの家の使用権はあたしに限られた。あたしだけ特別扱いされたわけだけど、太郎と次郎からは妬まれることもなかった。思春期前から「親戚んちなんか行ってどうすんの」という思想の持ち主であった彼らは、米寿のお祝いにも顔を出さなかった。

お祝いディナーの席で、ひいじいちゃんは、自分が死んでもあたしが十五歳になるまでは家を保存するようにと言った。

大叔父や叔父には事前に打診していたようだ。めんどくせえなとは思っただろうが、彼らは言われた通りにしようと決めていたらしい。あたしたちは「ひいじいちゃんの考えには深遠なものが含まれている」と無条件に思うようにできていた。徹マンとか小指の爪だけ長いとことかに、深遠があるのかと聞かれればわかりません。「ひいじいちゃんの言動には考えがあって、いずれ善きところに行き着く」と信じられることそのものが、太い柱によりかかるってことだったんだ。

ひいじいちゃんの突拍子のなさには慣れっこだったというのもある。みんな驚きつつも納得していた。

あたしを妬んだ人がいたとしたら、あたしの父くらいだろうか。

あたしはあの家を相続したわけじゃない。「いざとなったら逃げ込める場所がある」って安心感を貸与《たいよ》されたのだ。ひいじいちゃんが両親の不仲を予想していたのか、それともあたしが青春の荒波を乗り越えるための船を貸してくれようとしたのか、わからない。「十五歳まで」という時限付きの贈り物だ。ひいじいちゃんにとっては、十六歳からは立派な大人だったのかもしれない。

家は飯能《はんのう》にある。練馬からだと電車で一時間弱の距離だ。駅からも少し歩くけれど、この時間ならまだバスもある。

閉店間際のパン屋さんでサンドイッチと飲み物を買い、駅に行った。

中鉢は財布も持っていなかったので、あたしが電車賃を出した。

返すね、って中鉢は何度も言った。パン代もね。返すね。

「なにも家出しようっていうんじゃないよ」

パスモを改札にかざす。ピッて音が背中を押す。

「終電までに帰ってくればいい」

中鉢はほっとしたように頷《うなず》いた。彼女の持ってる紙袋は、あたしの部屋にあったものだ。本屋さんの大きなロゴが入ってる。

「あたしの家もくつろげるような空気じゃないからさ。この時間からだとファミレスも長くはいられないし、場所があるならそこ使えってだけのことだよ」

中鉢は今度こそ安心したような顔をした。

実はあたしも、ひいじいちゃんが死んで以来、初めて行く。お父さんとお母さんが戦争して家の中がめちゃめちゃになっても、出て行くことはできなかった。街をさまようことさえできなかった。

あたしはいつも、巾着袋を握りしめて耳をふさいでいた。いつでも逃げられる、いざとなったら逃げる場所がある、そう言い聞かせてうずくまっていた。

怖かったからだ。知らない場所に行くのが怖かったから。

誰もいない家というものをあたしは知らない。お父さんとお母さんのいない場所を、あたしは知らない。あたしはまだ、安全ネットの上じゃないと空中ブランコできない。

いつも親や先生をおちょくっているくせに、ほんとうは臆病者なんだ。

中鉢は、ホームの点字ブロックを爪先で突きながら、線路を見つめている。蒼白《そうはく》ではあるけど、勇敢な横顔だ。嫌な場所から逃げて来たというのは、とってもすごいことだ。

電車が来た。仕事を終えたサラリーマンやＯＬさんが乗っている。みんな、疲労の脂でてかてかしている。

席が一つしか空いていなかったので中鉢を座らせると、礼を言うように手を差し出してきた。ショルダーを持ってもらった。

石神井公園を過ぎて席が空いた。あたしは中鉢の隣に座った。

「おなか空いてる？」

「ちょっと」

「カレーパンも買えばよかったね」

「サンドイッチ三つとチョココルネ二つ……」

「足りる？　あたしパンだったら四つは食べちゃうよ」

「ボクも」

中鉢は紙袋を抱きしめた。

「辛いことあってもおなかは空くんだよね」

「空くよね。恋わずらいってどんなだろう」

『源氏物語』ではみんな恋して体調不良になっていた。思い詰めるだけでおなかがいっぱいになるなんて、不思議だ。

「そのうちわかるんじゃない」

「わかるかなあ」

「もし薫子ちゃんがやせたら、恋してるんだなってひっそり思うことにするね」

「なんでひっそり？」

「笑っちゃいそうだから」

「オイ」

中鉢は首をすくめて眉尻を下げた。

「薫子ちゃんはスーパーガールだよ。三年後にはモテモテだよ」

「あたしが？」

「そうだよ」

もう笑っていなかった。

「モテモテって変な言葉だね」

チビでデブのあたしがモテモテなんて、変なことだ。

「眉毛切ったら来月あたりブーム来るかも」

「嫌だって言っててんでしょ」

中鉢の眉毛はとてもきれいだ。その上のおでこもきれいだ。こういうのを「秀でた額」っていうんだろうな。

その後、あたしたちは飯能まで黙っていた。

＊

巾着袋から鍵を取り出し、玄関戸に差し込む。横にスライドさせるタイプの古い戸だ。立てつけが悪いみたいで、鍵を回すだけでも苦労した。

玄関の右側にはあたしの腰くらいまでの下駄箱がある。茶色のゴム草履が一足だけ入っていた。左側には据えつけの飾り棚があって、木彫りの熊とか布袋様をかたどった文鎮とかが置いてあった。

あたしは背伸びをして、右の壁上部にある大きなカバーを開けた。中にあるスイッチに手を伸ばす。

「なあに、それ」

「ブ、レーカー」

数年前、米寿のお祝いのあとのことだ。ひいじいちゃんはあたしを「お家案内ツアー」に連れ出した。あたしが一人で使うことになったとき困らないように、二階の雨戸を開けるコツとか、納戸の電気の位置とか教えてくれた。ブレーカーというものがあって、どういう役目をしているのか、それがどこにあるのかということも。

あたしはそれまで雨戸を開けたことなんてなかったし、納戸にも入ったことはなかった。知った家だというのに、知らないことがたくさんあった。

「ボクやろうか?」

中鉢は長い手でゆったりと宙を切り、ブレーカーのスイッチを軽々と上げた。

「きれい。踊ってるみたい」

「なにが」

中鉢は居心地悪そうに片眉をゆがめた。

「だってほんとうにきれいだったんだもの」

壁のスイッチを押してみたら、明かりがついた。びっくりした。ほんとうにこの家は「保存」されていたんだ。

久しぶりの友達に再会したみたいな気分で、小走りで台所に行った。

冷蔵庫のコンセントは抜いてあった。棺桶《かんおけ》みたいに見えた。

「やっぱり出ないや」

流し台の水道はハンドルがカラカラと回るばかりで、ガス台の火もつかない。

「使えない？」

中鉢があたしの手元を覗《のぞ》き込む。

「ううん、大丈夫」

ひいじいちゃんはガスと水道の元栓の位置も教えてくれていた。水道の元栓は、勝手口の外側にある。古いスリッパをはいて外に出て、元栓を開けた。

「薫子ちゃん、水出たよ！」

台所の窓越しに中鉢が叫ぶ。宝箱を開けたみたいな声だった。

あたしは室内に戻り、コンロの前に立った。三ツ口コンロからは太くて短いホースが伸びていて、壁につけられた小人の椅子みたいなものに繋がっている。小人椅子の上部には黒いつまみがあった。

「これがガスの元栓。このつまみを縦にするとコンロも使えるはず」

「ひねるのちょっと怖くない？　だってガスでしょ、爆発しそう」

「あーあ言っちゃった。あたしもそう思ってたけどできなくなりそうだから黙ってたのに。

中鉢お願いします」

「え、ボクがひねるの」

あたしは促すように手のひらを元栓に向けて流した。

中鉢は生唾をのみ込み、恐る恐る元栓に手を伸ばす。

「どかーん！」

つまみをひねるのに合わせて大きな声を出すと、中鉢はギャッと飛び上がった。

「やめてよなにしてんのバカじゃないの」

「お約束かと思って」

「薫子ちゃんがそんなベタなことするなんてね！　がっかりだよ！」

紙袋を胸に抱いてたたらを踏んでいる。青白かった顔に、ちょっと血色が戻っていた。

コンロのつまみを回すと、青白い炎が輪を描いた。

水道も、ガスも電気も、問題なく使える。ひいじいちゃんはほんとうに、あたしに逃げ場を用意してくれていたんだ。

もっと早く来ればよかった。逃げ込むんじゃなくても、掃除や手入れに来ればよかった。

「ごめんね」

板敷きの廊下はほこりでざらざらしている。庭をのぞむ濡れ縁は、風雨でささくれが目立った。

ひいじいちゃんが近くにいるのを感じた。

どんな文脈だったかは忘れたけど、「生まれ変わったらなにになりたい？」と聞いたことがある。小学校低学年だったかな。縁側に座って、二人でおせんべいを食べているときだった。あたしはたぶん、「美女になってハリウッド映画に出まくる」とかいう答えでゲラゲラ笑いたかったんだろう。

「二度と生まれ変わりたくないね」

ひいじいちゃんは頬にさざなみみたいな皺を寄せ、せんべいを噛《か》み砕いた。

「特別辛いことがあったわけじゃないよ。そりゃ、戦争やらなんやら、嫌んなることはたくさんあったけど、嫌なことなんて、楽しいことが十秒ありゃ忘れちまうからな」

じゃあどうして生まれ変わりたくないの、と聞くと、ひいじいちゃんは砂鉄みたいなたばこに火をつけ、喉で笑った。

「体を持たないほうが自由でいい気持ちだろうと思ってさ」

そんな人が、自分の死後も持ち物を残すようにと、遺言まで書いた。

「ひいじいちゃん」

空気がこもってかび臭かったので、中鉢と一緒に家中の窓を開けた。嘘つきました。二階は怖くて行けなかったので、一階の窓だけ全開にした。水道の水もくたびれている感じがしたので、しばらく出しっぱなしにした。

十分もすれば、空気のよどみはなくなっていた。水も冷たくてきれいだった。

ひいじいちゃんの家は細長い。板張りの廊下が家の南北を突っ切っている。玄関入ってすぐに居間、その奥に台所。流し台の上にある窓から、庭を眺めることができる。台所の奥に寝室。寝室の前に二階への階段がある。増改築を繰り返してこんな造りになったらしい。庭は台所と寝室のあいだにあって、渡り廊下に濡れ縁が張り出していた。

窓を閉め直した。今夜は肌寒いけど、空気を入れていたかったので、居間だけはちょっと開けておいた。ちゃぶ台にパンを広げる。あたしはジュースが嫌いなので紙パックのお茶を買っていた。中鉢はカフェオレだ。

カツサンドと、卵サンドと、BLTサンドを一切れずつ食べた。分厚かったけど、あたしたちにはぺろりの量だ。

「ここのパン屋さんおいしいよね」

噛みちぎるのに失敗したレタスが、中鉢の顎《あご》に張り付いた。

「ウエットティッシュあるよ」

「ありがと」

「閉店間際に買ったからパンがしなしなだけど、おいしいよね。なんでだろう」

「サンドイッチって、しなしなでも許せることない？」

「うーん、お母さんが作ってくれたやつならね」

「そいつで慣れてるから」

「そっか、じゃあ味がおいしいってわけじゃないのか」

「コルネは間違いなくおいしいけどね。クリームのなかに砕いたチョコが入ってるでしょ、これ好きなんだ」

「わかる」

あたしたちはつとめてどうでもいい話をした。

かび臭い家の中で二人ぼっちというのは、想像以上の心細さだった。ときどき家鳴りがするのも嫌だった。

木の家は生きているからなあ。木材が伸びたり縮んだりする音だよ。俺の膝と同じだ。

ひいじいちゃんの膝は座るたびにぽきりと鳴った。

あの人はいたずらにざしきわらしとかの話はしなかったけど、それが逆に、謎の住人がいるように思わせた。あたしは「同居人X」と呼んでいた。

チョココルネも食べきってしまった。居間にはテレビもあったけど、観る気にはなれなかった。

「学校から電話が来たんだ。セーラー服を着続けていること。親は、ボクを丸刈りにしたことであきらめさせたと思ってたから。お母さん、電話で話しながら真っ青になってた」

中鉢は小さく息を吐く。紙袋からセーラー服を取り出して、畳に広げた。

「先生はねー、ボクがどうしても望むならねー、制服のことも含めて、個別に寄り添って対応しますとか言ってくれたらしいんだけどねー」

「なにそれ！」

突発的な怒りに襲われ、あたしはパンの袋をくしゃくしゃにした。

「『どうしても望むなら』ってなによ。まるで中鉢が、シュミでセーラーを着たがってるみたいじゃない！　……なに笑ってんの」

「わかんない。なんか笑えてくる。ボク、先生の言葉にモヤモヤしてたんだ。でも理由がわかんなかった。寄り添うって言ってくれたのにどうして悔しいんだろう、って。薫子ちゃんが怒ってくれたらスッとしちゃった。たぶんこれ、嬉《うれ》し笑いだ」

中鉢は両手で口をおさえ、肩を震わせている。

「ボクにとってセーラー服を着ることは『権利』だけど、先生にとってはボクの『望み』なんだ。ボクはあくまでオトコノコなんだね。オンナノコになりたいオトコノコ。ボクは『なりたい』わけじゃないんだ。もとから、そうなの。すでに、そうなの。セーラー服を着ることを望んでいるわけじゃない。着るべきなの。オンナノコが望むまでもなく得ているものなんだから。男女を分ける制服なんて存在がイイかワルイかはまた別の話だけどさ。『どうしても望むなら』っていうのは、『お前をオンナノコとは認めないが考えてやってもいい』ってことだ。ボクは選別される存在なんかじゃない。認めてくださいって懇願《こんがん》してるわけじゃない。だから悔しかったんだ。そういうことだったんだ」

中鉢は爽やかな笑顔でお腹をさすっている。

「あー、自分の言葉で話せたらますますスッキリしたー。薫子ちゃん、ありがとう」

「え、ああ、うん……」

なんか知らないけどお礼を言われ、あたしは勢いを持て余してしまった。

「て、ていうか、先生の電話のせいで親にバレてあんたここに来ることになったんでしょ、寄り添うどころか逆効果じゃん。『地獄への道は善意で舗装されている』ってまったくその通りだよね！」

「あはは、なんでほじくり返してんの。あはは、もうやめて」

あたしの怒りはとうにどこかに行っていた。中鉢が笑ってくれるなら、しばらくキレキャラでいたってよかったんだけど。

涙の気配がふわふわと漂っている。きっと、先生は先生で、本気で中鉢のことを考えている。なのにあたしたちは違和感を探り当ててしまう。わかり合える日って来るのかな。

ううん、「わかってもらいたいひとに、わかってもらっている」って信じられる日は来るのかな。

個別に寄り添う。

違いを認め合う。

簡単に言わないでよ。

ごみ箱に捨てられたお弁当を思い出してしまった。お母さんの背中が、ちゃぶ台の上に浮かび上がって見えた。

人はわかり合えない。

だれか、違うって言って。

「薫子ちゃんってほんとにイイわ」

中鉢は指で涙をぬぐい、パックのお茶を差し出してきた。あたしは勢いよく吸う。中身はほとんど残っていなかったので、ズコッと空気の音がした。

「いつかは親にバレると思っていたけどね。その前に制服自由化のムーブメント起こしたかったんだけど。間に合わなかった」

中鉢は、右の頬をつまんで力任せに引っ張った。

「やめなよ、ほっぺちぎれちゃう」

あたしは、クールぶった声を作った。少しも動揺していませんよってふりをしないと、中鉢を見ることができなかった。

本気で、皮膚を引きちぎろうとしているみたいだった。中鉢の白い頬に、血の赤みが滲《にじ》んでいる。

「朝起きたら学ランに着替えて、ちょっと早めに家を出る。公園のトイレでセーラーに着替える。着替えはいちおう、男子トイレを使っているよ。人がいないのを見計らって出入りしてた。男子トイレから女の子の格好をした人が出てきたら、ねぇ」

あたしは黙っていた。中鉢の自嘲に、どんなかたちであれ乗るわけにはいかなかった。中鉢もそれに気づいたみたいで、顔を引き締めた。

「脱いだ学ランは近くのコインロッカーに入れる。家を出る時間が早すぎても怪しまれるから、ギリギリのラインを計算したり、コインロッカー経由で登校するのに最適な公園を下調べしたり、人通りを確認したり。準備楽しかったな」

「計画的だったんだ」

「ずっと前から考えてたよ」

「コインロッカー、毎日使ってたら、お小遣いなくなっちゃうね……」

気にするところはそこなのか、という感じで中鉢が笑った。

「このためにお年玉残してたからね」

眉が八の字になった。自嘲と見せかけて、今度は誇らしげな下がり眉。もっとも有意義なことにお金を使ったんだって自信が見えた。

あたしは本を買うとき、ちょっと後ろめたい。好きなものを手に入れたのに、楽しみきることができない。お母さんに怒られるから。

やりたいことのために堂々とお金を使った中鉢は、かっこいいな。

「学校からの電話は、ついに来たかって感じだった。むしろ、いままでよく黙っててくれたよね。まあ親が知らないわけないと思ってたんだろうけど」

セーラー服のお腹の部分や襟は、縦に裂かれてのれん状になっている。ハサミでやられたんだろう。中鉢は、髪を撫でるみたいにその部分を梳《す》いていた。

「お父さんに、すごーく静かに切られたよ。昔の、刀で首を落としていた時代の死刑執行人って、ああいう顔してたのかもしれないよね。淡々としてて、無表情で」

畳に、平たい女の子が寝転んでいる。下半身は切断されてどこかに捨てられたように見えた。

「ひどいよね」

あたしはセーラー服を見つめるしかない。

「でも、ボクね」

中鉢はひとさし指で襟を引っかいている。

「なんだかね、ちょっと違う気がしていたんだ」

「違う?」

「うん。その『違う』って気持ちが、服を切られてはっきりした」

「違うって、なにが?」

「ホームルームで告白したとき、自分が感じていたことと、自分の言葉が、ずれたような気がしたんだ。ずれは喉に刺さった小骨みたいに、ただただ気持ち悪かったんだけど、やっと理由がわかった。ボクあのとき、体は男だけど心は女ですって言ったでしょう。さっきも、『オンナノコになりたいわけじゃない。すでにそうなんだ』って言ったんだけど」

中鉢がここしばらく「わたし」と言っていないことに気づいた。「ボク」としか称していない。

頬に落ちたまつげの影が、心細げに震えていた。中鉢はしばらく黙った。言葉を一つ一つ探して、集めているんだ。

「ボクの心は女だと思っていたんだ。あの告白をするまでは」

セーラー服の裾をつまんでは、離している。

「初恋の相手も男の子だったし。更衣室やトイレはすごく居心地が悪かった。体育の柔道なんて地獄。プールの時間なんてもう」

中鉢は舌を出して吐く仕草をした。

「健康診断の日は、登校するのがユウウツだった。男女に分かれて動くとき、いつも置いていかれたような気持ちになった。男の体っていう檻《おり》に閉じ込められているみたいだった。制服もそうだけど、学校では『どちらか』でいなければ存在できないんだよね」

中鉢は型取りするかのように、ひとさし指でセーラー服を撫でている。

「赤いランドセルにあこがれていた。レースのついた靴下にもあこがれていた。髪を伸ばして、リボンで結んでみたかった。お人形ごっこもしてみたかった。お化粧もしてみたい。ワンピースも着てみたい。ボクはたしかに、女の子が持ち得るものが好きだ。でもこれはほんとうに、『心が女だ』って証拠になるのかな」

わかる。

お父さんやお母さんの中にいる「女の子」と、あたしの現実の姿は違う。それでも、あたしは女だ。

ひらひらのスカートより本が好きでも、あたしは女だ。

「中学に入ってから十五センチ背が伸びた。声が低くなって、肩ががっちりした。鏡を見るたびに焦った。股にはないはずのものがぶら下がっている。胸にはあるはずのものがない。早く周りに言わなきゃ。じゃないと、ボクが男だってことが決定されてしまう」

中鉢はぺたぺたと、該当の箇所を触った。自分の体の造りに、あらためて驚いているみたいだった。

「カミングアウトはめちゃくちゃ怖かったよお」

言葉と顔がまったく合ってない。ひなたぼっこしているみたいな笑顔で言っている。

「みんなの前で『女です』って断言して以来、不安につきまとわれるようになった。堂々とできなくなった。『わたし』って言ってみても、変な感じしかしなかった。女の子の格好やきれいなものが好きで、髪を伸ばしたいと思うことが女の子の証なんだと思っていたのに、それを女の条件にしたとたん、『思い続けなきゃいけない』って自分に命令していることに気づいた。それまでは『好きだ』とだけ思えていたのに」

中鉢は手のひらをセーラー服に押し当てた。鼓動を確かめているみたいだった。

「ボクの心はほんとうに、女なのかな。ボクはほんとうに、男ではないのかな。不思議なんだけど、セーラー服を着て、女の子として暮らそうとしたとたんに、男である自分が自分の中にくっきりと浮かび上がったんだ。『男ってなに』って聞かないでね」

中鉢は片眉を上げた。あたしはしかめ面を返す。

「男の姿をしているときは、自分のことを間違いなく女だと思っていた。セーラー服を着るべき人間だと思っていた。でも結局、どちらを着ても違和感は消えないんだ。でも、でも、でも……」中鉢は歌うように言った。

「どっちも勝ち取らなきゃいけない気がしたんだ。ボクには、学ランを着る権利も、セーラー服を着る権利もあるって思ったんだ。でも両方って」

あたしが口を開こうとすると、中鉢は「わかっている」と目で言った。

「それが性のかたちのひとつだって知っているよ。授業でもやったんだし。ただね」

ぱきんと家が鳴った。きっとひいじいちゃんも聞いている。

「へんだと思わないでね」

ぱきん。

「お父さんに服を切られたとき、ボク、どこかほっとしていた」

中鉢はぽろぽろ涙をこぼしていた。

「とっても悲しかったのに、ほっとしている自分がいたんだ」

髪を刈られても、クラスで孤立しても、泣かなかったのに。

「ボクは男にも女にもなれない」

その言葉はあたしを絶望させた。肯定も否定もできない言葉だった。クライシスの脅威を感じた。

――この世には男と女しかいないんだから！

四月のあの日、体育の先生の言葉を、中鉢も聞いていた。

「女になれたら、安心できると思っていたんだ」

えーん、って子どもみたいな泣き声が上がった。いままで溜めていたものが、あとからあとから溢れてくる。あたしはショルダーからハンカチを出した。中鉢はそれを握りしめて苦しそうに息をしていた。鼻血が出るんじゃないかってくらい、激しく息をしていた。

背中をさすったり、抱きしめたりしようかとも思ったけど、触っちゃいけない気がした。

この深い涙の時間は、中鉢だけのものだ。邪魔しちゃいけない。

あたしはこの不気味な家の中、中鉢を一人ぼっちにしないだけでじゅうぶんな働きをしているのだ。

台所に行き、食器棚から湯呑みを取って丁寧に洗った。水を汲む。練馬の水はまずいけど、ここのはおいしい。ちょっとしか離れてないのに、まるで世界が違う。

水をちゃぶ台に置いて、膝を抱えた。中鉢が泣き止むまで、震える背中を眺めていた。

*

泣きすぎたせいで、中鉢はあたしと同じくらい厚ぼったいまぶたになってしまった。彼は（あたしの言う「彼」は男という意味ではなく、自分以外の存在を指すというくらいの広い意味だ）頭をぐらぐら揺らしながら水を汲んだ。一口飲んでは鼻をすすり、顔をゆがめてちょっと泣いて、また飲んだ。

「ごめん」

うつむいたまま、頭を上下させる。

中鉢が泣いているあいだ、あたしは「ボクは男にも女にもなれない」という言葉と格闘していた。絶望で終わるわけにはいかなかったからだ。

男ってなに。女ってなに。当たり前に使ってる言葉なのに、分解して探ろうとするとわかんなくなってくる。プラネタリウムに行ったときを思い出した。係員のお兄さんが、天の川銀河の直径は十万光年で、それからしてみたら地球の大きさは砂粒みたいなものだって教えてくれた。そんな銀河が、宇宙にはたくさんあるんだって。

自分の部屋だってそこそこ広いと思っていたあたしは、「広い」って意味の枠組みを何度も壊さなければ、宇宙を想像することができなかった。

いまもそんな感じだ。考えれば考えるほど空間は広くなり、あたしは砂粒になっていく。

あたしは中鉢に、「女の条件」を示すことができない。

胸がふくらんでいて、腰が丸くて、月にいちど股から血が出ることさえ、あくまで「特徴」であって「絶対の条件」ではないんじゃないか。

あたしは女の当事者であるくせになぜ自分が女でいるのかわからない。あたしの中にあるのは「生来の確信」とでも呼べるものだけだ。

そんなの、口が裂けても言えない。

ましてや「男の条件」なんてわかるはずもない。

あたしたちはこんなに得体の知れないものを体の中に押し込めていたんだ。

「男」とか「女」って言葉は覗き穴みたいなものだ。穴を覗いて宇宙が見えちゃうんだったら、そりゃ枠組みを作りたくもなる。うっかり放り出されないための柵が必要になる。

あたしは中鉢を宇宙に放り出すわけにはいかなかった。

ううん、違う。柵を飛び越えたっていい。宇宙に飛び出したっていい。

中鉢を宇宙で一人ぼっちにしたくなかった。どこまでも広い空間を自在に泳げるような命綱を見つけたいって思った。

考えて考えて、「あっ」と気づいた。

あたしはすでに、その言葉を持っていた。

「天使って両性具有なんだって」

中鉢が顔を上げる。あたしがなにを言っているのかわからないんだろう。

「あたし、中鉢は天使だと思うんだよね」

今度は顔をゆがめた。笑ったらしい。あたしがへたななぐさめを言っていると思ったようだ。まあ仕方ないか。あたしの言う「天使」って「外国人」ってくらいの身近な意味なんだけど、口の外に出てしまうとほかにもいろんな意味がくっついてしまうもの。

まるで「言葉」が磁石で「意味」が砂鉄みたい。あたしの中にいるあいだはあたしだけの器なのに、口から出た瞬間にバッと黒い粒が寄ってきて、黒いまりもみたいにしちゃうの。ひいじいちゃんの重いたばこは「意味」を封じていたんじゃないかと思うくらい。あたしはひいじいちゃんの前だとなんでも自由に話せたから。

天使ってものが普通にあたしたちと暮らしていても、不思議じゃない。あたしは深海のことも宇宙のことも知らない。それどころか、知れば知るほど知らないことが増えていく。そんな世界なのだから、外見は人間と一緒でも体の奥が違うひとがいたっておかしくない。むりやり人間の規格に合わせようとしている存在がいるんだとしたら。

『ギリシャ神話』で読んだプロクルステスの話を思い出した。

プロクルステスは、旅人を捕まえてはベッドにくくりつける。ベッドからはみ出た人の脚は切り、足りない人はその長さまで引き伸ばす。かたちの様々な人たちを、ベッドの長さに統一する。拷問だ。

中鉢もいま、プロクルステスの寝台に横たわっている。

「中鉢は天使なんだから、男と女の両方を持っていて当然なんだよ。やっぱり、男であり、女なんだよ」

「ありがと」

彼はまた泣いた。笑いながら泣いた。あたしのために笑おうとしていた。それってこんなに悲しいことだっけ。

「薫子ちゃん。履歴書って見たことある？」

中鉢は膝を伸ばし、爪先を見つめていた。親指でひとさし指をぎゅっと押している。

「履歴書？　仕事決めるときに使うやつ？　実物は見たことない」

マンガとか映画とか、物語の中でしか知らない。

「ボクね、このあいだ本屋さんの文具コーナーに行って、履歴書の用紙を見たんだ。氏名欄の隣には、性別を書く欄があった。男か、女か、どっちかにマルをつけなきゃいけない。天使って欄、ないんだ」

あたしはどうやら、自分を賢いと思っているフシがある。賢い薫子ちゃんは、付け焼き刃の得物を懐に仕込んで、試し斬りの機会を窺《うかが》っている。

「ボクはいずれ、どっちかにマルをつけなきゃいけないんだ」

人よりも読書量は多いかもしれないけど、それだけのことだ。本から得られることはたくさんあるけど、それだけですべてを知った気になってるとこういうことになる。

「どっちかに決める必要なんてないじゃん。日替わりでいいじゃん。学ランとセーラー両方着ればいいじゃん！」

恥ずかしくて恥ずかしくて、大声になっていた。

ひいじいちゃんとのオセロで負けかけて、盤をぐしゃぐしゃにしたときみたいな気分だった。かっこ悪い！

「セーラー服は、もう着られないよ」

中鉢は清らかな微笑みをたたえて前かがみになり、爪先をつかんだ。折ってしまいそうに見えたので、あたしはその手を取って、手の平を畳に押しつけた。

なんだかイライラしてきた。まったく窮屈だな！

ひいじいちゃんの言った通り、体なんてないほうがどれだけ自由だろう。

「あたしが一年のときに着ていたやつがあるよ。太っちゃったから、入らないんだ。夏服だけど、いまの時期ならいいでしょ」

「ボクが着たらつんつるてんだよ」

「ないよりマシだ」

「きみの制服まで」

「切られたらほかの子が持ってないか聞く」

中鉢は首を横に振った。彼はいま、自分で可能性を消した。二度とセーラー服は着られない。そんなふうに思い詰めている。

せっかくおさまった涙が、ふたたびぽろぽろ畳に落ちた。

自分がやったことに自分で傷つくって、ほんとうに嫌だ。お父さんもお母さんも、中鉢と同じような顔をする。食事を捨てたときのお父さん。あたしをけなしたあとのお母さん。

「だめだよ。ベッドに合わせて切られたり伸ばされたりしているうちに、自分の大きさがわかんなくなっちゃうよ」

「ベッド?」

中鉢はティッシュを丸めて鼻に当てた。あたしが話の流れから飛んだようなことを言ったから、泣くことからちょっと気がそれたみたい。

あたしは興奮していたせいで、思っていることと話していることの区別がつかなくなっていた。

いけない、いけない。座り直して、深呼吸した。

あたしは一体、なににイライラしているんだろう。

自ら悲しみの中に浸ろうとする中鉢にだろうか。

マグロのさばき方を教えられない学校の先生にだろうか。現役中学一年生よりよっぽど中二らしい両親にだろうか。乱暴以外に方法を知らない中鉢のお父さんにだろうか。

その人たちに怒りをぶつけたところで、なにが変わるっていうんだろう。訴えたって、きっと伝わらない。

わかり合えないものとはわかり合えないから。

スイカとニコチンの戦いによって、あたしはすでにこんな断言を導き出している。乱暴なことだってわかってる。間違っているってだれかに言ってほしい。

あたしの怒りは、このあきらめから来ているのかもしれない。

どれだけ考えたってどこにも響かない。あたしがなにをしたってなにも変わらない。

ぱきん。

家が鳴った。

苛立ちがちょっと壊された。砂の城を引っかいたみたいに、端っこがほろほろと崩れた。

ひいじいちゃんが「もういっぺん」と言っている。

そういえば、これもおかしなことだな。あたしはひいじいちゃんが側にいるって疑いもしない。いまなら「同居人X」が出てきたって驚かない。
もう一度、考える。あたしはなにに怒りを覚えているのか？
ううん、違う。疑問が違う。
あたしはなぜ、中鉢が悲しむことが、こんなに辛いのか？
答えはすぐに出る。
辛いのは、あたしの望みに反しているからだ。
あたし、中鉢には笑っていてほしいから。
「うん？」
きみに笑っていてほしい。
これって、よく聞くフレーズ。ラブソングとかで。
じゃあ、あたしのこの気持ちって、恋なの？

ぱきん。

つい、笑っちゃった。中鉢が不思議そうな顔をしている。

これが恋だとしたら、あたしみんなに恋してる。

お父さんにもお母さんにも笑っていてほしい。ほかの友達にも笑っていてほしい。そうじゃないとあたしが辛い。

あたしの中身はそういうつくりになっているみたい。周りの辛さや悲しみが、そのままあたしの痛みになる。ほんとうに痛いのだ。肉体の痛みとして感じるのだ。

へその緒、かな。

あたしはいろんな人にへその緒をくっつけちゃうみたい。ヤサシサとは違う。正義感でもない。自分と他人の区別がつかないだけだ。これは、あたしが未熟な証。

ねえ、じいちゃん。

すべてを自分の痛みにしていたら身が持たないね。その人の痛みはその人だけのものだから、勝手に触れてもいけないね。早いところ、へその緒を切らなくちゃね。

へその緒を切っても、あたしのやることは変わらない気がするけどね。お父さんとお母さんが機嫌よくならないことには、家は住みよくならないし、中鉢がにこにこしないことには、あたしも落ち着かない。あたしの住み処や居場所には、あたしだけの努力じゃどうにもならないことがある。あたし、自分のために、みんなに協力してもらわなきゃいけないんだ。笑っていてもらわなきゃいけないんだ。

みしみし、って天井が鳴った。

ひいじいちゃんと語り合っているあいだに、怒りは消えていた。中鉢が寝台の上で沙汰を待つようにしているのも、仕方ないように思えた。

たしかに、中鉢にだけがんばれっていうのもずるい話だし。

「よし」

決めたとたん、お腹がひやりとした。

いつかはやらなきゃいけないことなのだ。

「中鉢」

「あたしの眉毛、ととのえて」

中鉢は、ぽんぽんに腫れたまぶたを見開いた。

「美人眉にしてくれるんでしょ」

「どうして?」

不快そうに見えたのは、あたしが同情から言ったように思ったからだろうか。さんざん嫌だと言っていたくせに突然気を変えたんだから、そう取られても仕方がない。

「言うばかりじゃ卑怯《ひきょう》だと思って」

あたしは正座して、畳の上のセーラー服を見た。

「中鉢にがんばれっていうなら、あたしもなにかやらなきゃって」

「だから眉毛をきれいにするって？」

今度は露骨に嫌悪を示した。

「そんなの、心中じゃないか」

「心中？」

「ボクが性別を捨てるならきみは眉を捨てるって？　それしてなにが楽しいの。ボクのために自分を変えようとするならやめてよね」

お父さんが禁煙の理由をあたしに据えようとしたとき、あたしも同じことを思った。たのんでねえし、って。

あたしは自分の決断のために中鉢の事情を使おうとしたんだ。彼の苦しみを利用しようとしたんだ。

彼の涙を尊重しようと思ったのはついさっきのことなのに、自分の怖さと向き合おうとしたとたんに相手のことなんて忘れてしまった。

「だいたい、ボクはきみをキレイにしようなんてゴーマンなこと思ってないよ。はじめっからキレイなんだから」

「キレイ?」

「そこべつに掘り下げるとこじゃない。ボクはその眉毛に意欲をかき立てられるだけ。はがれかけたかさぶた見るとはがしたくなるでしょ、あれに似てる」

「かさぶた……」

「筆箱の中は長さ順に揃えたい。プリントの端はきっちり合わせるのが好き。学級文庫は作者名順に並べたい。なんつうの、カオスの状態をぴしーっとさせるのが快感っていうか」

「カオス……」

あたしは眉毛に手を置いた。手のひらがフサッとした。カオス。

「好き放題に伸びてる眉毛が目の前をちらついてたら、そりゃ整えたくなるでしょ。切ったらぜったい気持ちいいわ。ってだけで、べつにきみを変えたいわけじゃない。ボクのために変わろうなんて思わなくていい。嫌ならいままで通り嫌でいてくれていいんだ。ボク、あのやりとり、実はけっこう好きだし」

「ごめん」

「なんで謝るの」

「……ごめん」

これはもう、正直に話すしかないんだろう。

あたしもうまくつかめていないあたしの気持ち。わからないまま話すのっていちばん嫌だ。うまく伝わらなかったらと思うと身がすくむ。

「あたし、女の子らしくするのが、怖いんだ」

中鉢の視線に耐えきれずうつむいた。さっきと立場が逆転してる。

「それをしたら、あたしは女の子だと決まってしまう。ううん、『女の子』への参加表明になってしまう」

あたしは女だっていう「生来の確信」はある。

「女の子」だと周りから認められていないのもわかっている。あたしは女だけど、「女の子」であるかはまた別の話だからだ。お母さんみたいに女としての体裁を整えなければ、あたしの皮膚の外側とあたしの性別とを紐《ひも》づけることはできない。

「女の子」への参加を表明することは、あたしを認めないひとたちが存在するということを、認識することでもある。

あたしは誰かのオキニイリになり得る人間なのか。

「女の子」に参加しない限りは測られることのなかったものを、目の当たりにしなければならなくなる。

「ふうん」

中鉢は小首を傾げた。ちょっと余裕が戻ったみたいだ。

「おしゃれを楽しいとは思わないの？」

「わからない。怖いのが先に来る」

「したことないからじゃない」

「そうかもね」

「おしゃれすることと自分に値札をつけることは違うっしょ」

あたしはびくりとして顔を上げた。

「わかるよ」

中鉢は口の端を片方だけ上げて、首を掻《か》いた。皮肉っぽくてかっこよかった。ニヒルってこういう感じかな。

「ボクはいっそ値段をつけて出荷してくれって思うよ。自分一人じゃ自信なんか持てないからね。カミングアウトしたあと、ボクがあは～んうふ～んみたいな感じになってみたのだって、うまくいったら絶滅危惧種級のプレミアがつくかもしれないと期待した部分がなきにしもあらず。見事にスベったけど。キャラありきでもいいから、クラスに復帰したくてさ。薫子ちゃんはこういうの、嫌いだってわかってたんだけど」

ぎくりとした。熱狂の時代の中鉢を、あたしが冷ややかに見ていたこと、やっぱり気づいていたんだ。

「こんなの本末転倒だし、最低だってわかってたんだけどね」

中鉢はゆっくりと瞬きした。

「高値がつくに越したことはないから」

腫れた目でなに言ってんだ。黙らせたかったけど、どの口が言えばいいんだろう。

「見世物小屋に天使がいたら、きっと一番人気だろうね」

中鉢はまた自分の言葉に傷ついていた。

「でもさ、薫子ちゃんにしてみたら、深刻な話にしなくたっていいんだよね」

奮い立たせるみたいに笑顔を作ってる。

「眉を整えたり、お化粧したり、かわいい服を着ている子を見るのはボクも好きだよ。楽しいんだもん。考えるだけでわくわくしちゃうな。義務感みたいなことでやるんだったら考えものだけど、もし薫子ちゃんが楽しいかもって思えるんだったら、難しいこと抜きにやればいいと思うな」

また怖くなってきた。あたしはあたしのほんとうの気持ちだけを頼りに、決めなくてはいけないんだ。

たかが眉毛？

おしゃれってそこまで考えること？

ううん。あたしが「歩き始める」か「始めない」かの話だ。

この先ずっと続くであろう、女性という名の道を。

あたしの中にある限りは白磁の器でいてくれるものを、外側に出すということ。出したとたんに、女としての「意味」がギャッと寄ってくる。そのとき、あたしは砂鉄を払いのけて、あたしの器を守ることができるだろうか？

「一度やってみればいいじゃん」

中鉢は姿勢を伸ばして正座した。あたしを励ますみたいに。

「そういうことじゃないんだ」

あたしは首を振る。

「一度眉毛を変えたなら、もう戻れないんだよ。事実は消えない。あとからボサボサ眉毛に戻したとしても、あたしが『始めた』ことは取り消せないんだよ」

「始めた？」

「うん。なんて言ったらいいのかわかんないんだけど。女らしく……することを」

あたしが、「自分は女です」と、周りに宣言することを。

中学一年生の夏休みが終わったとき、外見をがらりと変えた女の子がいた。眼鏡からコンタクトに変え、厚く長い髪を丸くてかわいいボブに切った。

彼女はいろんなところから「デビューしたな」と笑われていた。嘲笑は「慣れ」によってなだめられていく。過渡期が三日なのか三ヶ月なのかは、やってみないとわからない。あの子は華奢《きゃしゃ》でかわいかったから、陰口もすぐに落ち着いた。いかついあたしがそんなことをしたら、どうなるんだろう。「女の子」の入門審査は過酷だ。

中鉢の前でこんなことを言うのは失礼だったかもしれない。彼は女子生徒の格好をして校門を通ることすら許されないのに、あたしは「生来の確信」に怖気づいている。ずるい！　って言われても仕方ない。

「ふうん」

中鉢は風に揺れたたんぽぽみたいに頷いただけだった。

「ボクらが裸で生きられるなら、こんなこと考えなくてよかったのにね」

糊の効いたシーツを広げたときのような声だった。

「薫子ちゃんはこの先も、服を着て生きていくつもりでいる？」

中鉢の目は竈《かまど》の残り火みたいに優しかった。

そのとき、あたし、ふっと気持ちが変わったのを感じた。中鉢の言葉が、乱暴とは対極のところにあるとわかったからだ。

「悪法もまた法なりとソクラテスは言った」

彼は見事なほど意地悪に口角を上げた。

その顔はあたしからそっと逃げ場を奪い、温かく追い詰める。まるで卵の殻みたいに、あたしを覆う。幼い頃、ソファと壁のあいだに入り込むのが好きだったのを思い出した。

あたし、彼に大切にされている。

「中鉢」

大切にされている。

「眉を切る道具、持っている？」

「持ってない」

当たり前だ。中鉢の持ち物は切られたセーラー服だけだったんだから。

あたしはいますぐ眉毛を切ってもらいたかった。テレビ台の引き出しを開けると、耳かきや毛抜きが入っていた。小さなハサミもあった。

「これ使える？」

「できなくもないけど、それ、鼻毛のハサミでしょ」

「洗えば大丈夫だよ」

「薫子ちゃんって」

「なに」

「なんでもない」

「消毒液が薬箱にあるかも。しようか？」

「きみが気にしないならいいんじゃない……」

台所でハサミを丁寧に洗い、ティッシュで拭いた。そのあいだに、中鉢はちゃぶ台を居間の隅に押しやっていた。

「ここに寝て」

あぐらをかき、膝を指した。

「脚、しびれない?」

「しびれたら言う」

あたしは仰向けになって、膝枕に頭をあずけた。

中鉢はあたしの前髪を上げた。おでこがすっとした。頭が換気されてるみたい。

「ボクもでこっぱちだけど、薫子ちゃんもいいおでこだね」

「あたしは出っ張りすぎでしょ」

「ううん、きれいだよ」

後頭部や頭のてっぺんが温かい。誰かに触ってもらったのって久しぶりかもしれない。

小さいときはお父さんやお母さんに抱っこされていたかもしれないけど、いつが最後か覚えていない。ひいじいちゃんの膝に座ったのだって、ずいぶん前だ。

「あらかた切ったら、毛抜きを使うね」

「うん」

「じゃあ、切るね。目を閉じていてね」

眉墨もないので、鉛筆を使うことにした。中鉢はあたしの肌に眉山、眉頭、眉尻の印をつけた。

「うはは、念願の」

右目の少し上から、しゃきっという音がする。

「ちょっと切りにくいけど、鼻毛バサミでもいけるね」

しゃき。しゃき。中鉢は丁寧に手を動かしている。おでこの右半分が軽くなっていく。

眉毛にも重みはあったんだ。毛がちょっとなくなるだけで、こんなにも違うんだ。

鼻の奥がつんとした。閉じたまぶたをすり抜けて、涙がこぼれた。

中鉢は動きを止め、あたしの顔から手を離した。あたしは両手で顔を覆った。

今度はあたしがえーんと声を上げる番だった。

なんであたし、こんなところで眉毛を切っているんだろう。

難しい顔で鏡を覗き込んでいるお母さんを思い出す。お母さんはお化粧がちっとも楽しそうじゃなかった。

いまお母さんはなにをしているんだろう。一人ぼっちでお茶漬けでも食べているんだろうか。お父さんは相変わらず実家でゲームしているんだろうか。

どうしてあたしの家はこんなに悲しいんだろう。もう戻れないんだろうか。右の眉毛が軽くなっちゃったみたいに、一度切れたものはそれきりなのだろうか。

中鉢がティッシュをこめかみに当ててくれた。泣きやむまで待ってくれて嬉しかった。さっき、中鉢が泣いたときにあたしが取った態度も正しかったんだ。

そう思ったらちょっと落ちついた。やっぱりあたし、元気を保つためには自信を持っていることが必要みたい。

涙が落ちついてきて、顔から手を離した。天井の蛍光灯がまぶしかった。中鉢はあたしの頭をちょっと持ち上げて、膝を伸ばした。しびれたみたい。かわりに座布団を丸めて、あたしの頭の下に置いた。

「これだと遠いな」

中鉢は膝を伸ばしたまま、お尻をにじらせて、太ももであたしの顔を挟むような体勢を取った。ティッシュを何枚か取って渡してくれる。

「ありがとう」

「これであいこだね」

「あいこ?」

頭の後ろに蛍光灯があるものだから、まるで後光がさしているように見えた。

「こんなに早くお返しの機会ができて嬉しい。泣いてくれてありがと」

「へんなの」

中鉢は肩を上げてフフッと言った。あたしの頭の下から座布団を取り、もう一度あぐらを組んで、左膝に頭を乗せた。

「もう片方もやっていい？」

「うん」

中鉢はあたしの左眉をしばらく撫でていた。気持ちよくなって、目を閉じた。犬が毛を撫でられるのってこんな気分なのかな。

「やるね」

「うん」

しゃき。左目の上から音がする。また悲しくなってきたけど、涙はまぶたの裏でとどまってくれた。

長さを整えたあとは、毛抜きで眉毛を抜かれた。また涙が出た。悲しいんじゃなくて勝手に！　痛みで鼻の穴が膨らむ。中鉢の位置からは鼻毛が丸見えだっただろう。

「カミソリがあればよかったんだけど」

中鉢はあたしの皮膚をそっと引っ張る。

一本抜かれるたびに、背筋に電流が走った。最後には股のあたりまでむずむずした。あたしは足をばたつかせたり、畳に爪を立てたりして暴れていた。

「こんなもんかな」

体を起こすように促され、正座して中鉢に向き直る。自分がどんなふうになっているのかわからなくて、ちょっと恥ずかしかった。

「すごくいい」

中鉢の胸が満足げに上下した。

「洗面所で見ておいでよ」

言われるまま立ち上がる。洗面所の明かりをつけると、鏡の中にあたしが現れた。目の上にきれいなアーチができている。やや太めの、ふわりとした山型だった。

あたしってこんな顔していたのか。

眉を整えるだけじゃ大して変わらないと思っていたけど、いままで見たことのない顔になっている。厚ぼったいと思っていた目までが違って見える。もしかしてあたしの目は「切れ長」というやつなのではないだろうか。

ぽっぽする頬をおさえた。あらためて中鉢に見られるのが照れくさかったけど、できるだけなんでもない顔をして居間に戻った。

「どう。いいでしょう。もっと早くにやればよかったでしょう」

悔しかったので頷いてやらなかった。

「いま何時かな。テレビつけてみよう」

「はぐらかした」

「うるさい」

テレビの中で、アナウンサーが二十三時のニュースを読んでいた。

「二十三？」

中鉢は「またまたあ、ご冗談を」という感じでテレビに顔を近づけた。

「に……」

あたしたちは顔を見合わせる。互いに、見間違いを指摘してくれるのを待った。

先にあきらめたのは中鉢だった。

「十一時だね。夜の」

あまりにシンプルな宣告に、あたしは笑ってしまった。

5

走れば終電に間に合った。

「帰ろう」とはどちらからも言い出さなかった。

切り刻まれた制服をどうするか話し合ううち夜中になっていた。残しておくのも辛いし、ごみ箱に捨てるなど耐えられないので、燃やすことにした。風呂場に大鍋を持っていってその中で燃やし、台所にあった空き瓶に燃えカスを入れて庭に埋めた。金魚のお墓の隣だ。あたしが小さいときに作ったお墓だった。残っていたのが嬉しかった。お墓の前で中鉢が泣きやむのを待ち、ちょっとだけ寝た。

いま、始発に乗るために、夜明けの道を歩いている。

あたしたちのあいだには、昨日とは違う不安があった。併せてちょっとした誇らしさもあった。一つの山を越えたようなすがすがしさこそが、あたしたちを黙らせていた。

昨日、あたしは眉毛を整えた。

中鉢は、あたしに「セーラー服を譲ってほしい」と言った。

今日は学ランを着て登校する予定だ。明日はセーラー服を着る。

「明後日は上半身がセーラーで、下半身はズボンにする」

中鉢は燃えた目をしていたけど、それはちょっと違う気がしたので止めておいた。

中鉢は自分の中にいるものを殺さないと決めた。男と女のどちらかを選ぶのではなく、選ばないということを選んだ。

変化したあたしたちには新しい展開が待っているはずだ。ううん、展開によるんじゃない。あたしたちはいままでと同じようにしているわけにはいかない。昨日までとは気づいていることも見えているものも違うのだから、同じように動けるはずがないのだ。

あたしは一体、だれなんだろう。

朝露のにおいが、あたしの所在を溶かしていく。

あたしたちは一体、どうなるんだろう。

学校の年間行事みたいに、十月には体育大会で十一月には合唱祭っていう具合に、すべてが決まっていたらどんなにいいだろう。

中学を卒業したら高校に入る。高校を出たら大学に行って、就職する。なんとなくそんなふうには思っているけど、それらはあたしたちを少しも安心させてはくれない。実はなにも決まってない。真っ暗な海に漂っているだけだ。

あたしと中鉢はいま、黒い風波に撫でられながら歩いている。

足元がぐらついた。よろめいて、中鉢の肩にぶつかった。

「大丈夫?」

すらりと背の高い中鉢が、あたしを見下ろす。

「うん」

これから家に帰るんだと思ったら、心臓がばくばくしてきた。中鉢も同じはずだ。彼のほうが悪いかもしれない。「制服を切られる」という暴力にひとまずのピリオドも打たず家を飛び出した。そのまま行方不明になってしまったのだ。混乱に混乱が重なっている。どんな状況になっているのか想像もつかない。

あたしたちは手を繋いでいた。中鉢の手は乾いて冷たかった。あたしの手は汗ばんでいたのでちょっと恥ずかしかった。拭きたかったけど、手を離すことはできなかった。

中鉢もあたしの手を握って離さなかった。

＊

マンションの階段にお母さんが座っているのが見えて、あたしたちは足を止めた。お母さんはあたしたちを見つけると、うつろな目をして立ち上がり、ポケットからスマホを出しつつ近づいてくる。どこかにダイヤルしていた。

「……もしもし。薫子、帰ってきた」

通話を切って、左手に握ったまま、あたしたちの前に立った。ぶたれるかと思ったけど、手は上がらなかった。

かわりにおっそろしい目で睨《にら》まれた。

「調子こいてんじゃないわよ！」

たぶん自分でもなに言ってるんだかわかんないんだろう。

それでもあたしに「とんでもないことをしてしまった」とわからせるにはじゅうぶんだった。

お祭しの通りお母さんはだいぶ前から頭がいかれている。

それでもあたしを捜してくれた。怒りを向けてくれている。

あたし、かなり前からお母さんを壁だと思えなくなっていた。お父さんも同じだ。あたしを囲むはずの城壁は、頭よりも下にしかなかった。あたしは体半分むき出しで、両親を軽々と踏み越えてしまう。たとえ衣食住は与えられていたって、なにからも守られない。そんな恐怖があった。

そんなものは調子こきゆえの思い上がり薄幸ヒロイン幻想だったようです。

いまのお母さんはまったくおっかなくて、あたしと中鉢は叱られた子犬みたいに股のあいだにしっぽを丸め込んでいた。

早朝の住宅街にお母さんの声が響き渡る。近所迷惑なんてお構いなしだ。

しばらくお説教を食らっていると、誰かの走る音が聞こえてきた。

お母さんは口を止め、目線を上げる。振り向くと、お父さんが駆けてくるのが見えた。

お母さんの電話の相手はお父さんだったのだ。

普通はわかることかもしれないけど、あたしにとっては「当然」なんかじゃなかった。

お父さんとお母さんが、一緒にあたしを捜してくれた。膝の力が抜けるほど嬉しかった。

しゃがみ込むのを堪えた。

お父さんはお母さんの隣に立った。あたしも頭がおかしくなっていたのか、「イヨッ、待ってました！」と声を上げそうになる。

だってあたしの前に二人が並んでいるんだもの。顔を突き合わせて争うことしかしてなかった二人が、横に並んで同じほうを見ているんだもの。まるで舞台のクライマックス。近藤屋！（あたしの名字）と叫んだっていいじゃないか。

お父さんはお母さんのヒステリーとは対照的に、落ち着きを見せていた。

あたしがなぜ姿を消したのかわかっているんだ。

言い方を変えれば、この人は自分がなにをしているのかわかっていながら、これまでぐだらない言動を繰り返していたということだ。

この人の目から、あたしはこんな声を汲み取った。

――そりゃ、そうだよな。家出の一つもしたくなるわ。

他人事かよ、とは思ったが、この人はお母さんほどくそまじめに悩んだり考えたりはしていないんだろう。

ほんと、くそじじいだ。話が早いからいいけどさ。

「どこにいたんだ」

お父さんの声はかすれていた。

「飯能」

お父さんは目を軽く閉じた。次に開いたまぶたの下から、乾いた瞳が現れる。中鉢を見ていた。

「あたしが付き合わせたんだ」

慌ててこっちを向かせる。フォローしようとしたのか、中鉢が口を開こうとするのを、父は顎を上げて制した。

本気で怒っている。

「送って行くよ」

低くて静かな声だった。首根っこを押さえられたような気分だ。中鉢も同じだったろう。お母さんの混乱も、お父さんが隣に来たとたんに治まっていた。このひとが現れただけであたしたちは安定してしまった。大人の男の人ってすごいのかもしれない。

お母さんはマンションに残り、あたしたちはお父さんの車で中鉢の家に行った。古くて大きな一軒家だった。昔からこのあたりに住んでいる人たちなんだろう。

父のあとに続いて門を通った。心臓が動きすぎてて背中までがぼこぼこしていた。中鉢に至っては青ざめていた。

ひいじいちゃんの家と同じく、横に引くタイプの玄関戸だった。

父が呼び鈴を押すと、足音がして、ガラスに人影が映った。鍵が開き、戸が横に滑る。

細い男の人だった。お父さんより若いかもしれない。頭が良さそうで、猫背で、おとなしそうな人だった。中鉢に似ている。背筋を伸ばした瞬間にすごくかっこよくなりそうな。でも、猫背を直す気もなさそうな。

あたしは勝手に、赤ら顔でガッチリしていて一年中タンクトップを着ているようなおじさんを想像していたので、この人が中鉢のお父さんなんだということを頭のなかで言葉にしなければならなかった。

この人が中鉢の髪を刈り、セーラー服を切り刻んだ。

「朝早くに申し訳ありません。近藤と申します。娘が、章雄さんのクラスメイトでして」

父の声は朝日の化身かというくらいに爽やかだった。まるでなにかのスイッチが入ったみたいだ。会社ではこんな感じなんだろうか。

中鉢のことを「章雄さん」と呼ぶのはとってもすてきだった。

「はあ」

中鉢のお父さんのポロシャツとスラックスがくたびれている。一睡もしていないんだろう。この人も、中鉢のことを捜し回っていたんだ。

親が子どもを心配するのは当然のことなんだろうか？　本能なのか義務感なのか、出どころはわかんないけど、やっぱりあたしは嬉しい。当然のことだったとしても、特別なことに、思える。

「私の祖父の家が飯能にありまして」

父は体の前で両手を重ねた。堅苦しくもなく、軽すぎることもない、整った姿勢だった。

「祖父が他界してからは娘が勉強部屋として使っています。家でやるよりも集中できるということで。昨日は章雄さんと一緒にテスト勉強をしていたようですが、いつのまにか眠ってしまったようです」

ハハッ、と学生みたいな声で笑った。

「気づいたら朝だったそうですよ」

こんなにするするとホラを吹けるものだろうか。

中鉢は昨日、制服を切り刻まれて家を飛び出した。その状態で勉強合宿なんて無理があるのに、父の爽やかな笑顔は強引な説明に説得力を持たせてしまう。なにこれ怖っ。

「娘が飯能の家で一泊し、朝早く帰ってくるということは珍しくなかったものですから、私も妻もいつものことだと思っておりました。今朝になって初めて、娘と章雄さんが一緒だったと知りまして。いえ、言い訳にもなりませんね。中鉢さんにご心配をおかけしましたのは、ひとえに私どもの監督不行き届きによるものです。娘にもきつく言い聞かせますので、章雄さんは叱らないでいただきたいのです。誠に申し訳ありませんでした」

父は顔を引き締めると、両手を体側に添わせ、深々と頭を下げた。

なーんか謝り慣れているなあ。仕事でいっぱい謝ってんのかなあ。

中鉢のお父さんは、うちの父に呑み込まれている。

なるほど、初対面の相手を呑み込むには、外見って大事なのかもしれない。仕事のときには特に必要なのかもしれない。皇居ランニングのおかげで姿勢もいいし、四十代向けファッション誌の指導により「私服はがっかり」なんてこともない。隙のない外見。それが、お父さんのやり方なんだ。

父が無自覚変態だということは仕事相手にさらす必要もない。利害のキャッチボールをしなきゃいけない相手と奥襟の攻防をするときには、父の外見は有利にはたらくのかもしれない。父はその武器を保つために、手入れを怠らない。

ふうむなるほど。

父の直線の肩と、腰にかけてすぼまるラインと、引き締まったお尻を眺めた。このスタイルが、いま中鉢を守ってくれている。中鉢のお父さんは、アイドルのようにきらきらしているあたしの父に唖然《あぜん》としている。一晩暮らせた苛立ちも、早朝の爽やかさと父の白い歯に吸い取られている。

「そうでしたか。こちらこそご迷惑を」

中鉢のお父さんはおずおずと頭を下げた。中鉢を見つめた目に怒りはなかった。あたしたちは反射的に身を固くしたけど、そこにあったのは疲労と……なんて言えばいいのだろう、あたしを悲しくさせるなにか。思わずへその緒を繋げてしまいそうになる。いけない。お腹に手を当てたけど、一度感じた悲しみは、すでにあたしの胸が記憶してしまっていた。

この人は、中鉢がわからないんだ。

自分の息子なのに、宇宙人のようにわからないんだ。彼は天使だから仕方ないけど、それがこの人は悲しいんだ。

「入りなさい」

中鉢のお父さんは、体をずらして戸と距離を取った。中鉢が、家へと戻るゲート。

「ご迷惑をかけてしまって、すみませんでした」

中鉢はあたしの父に向き直って頭を下げた。

「いいえ、また遊びにきてね」

父の白い歯が朝日をはじく。お見事。父は中鉢のお父さんに向けてだめ押しをする。

「どうか彼を叱らないでくださいね」

中鉢のお父さんは首を前に出すように頷いた。中鉢の背中を軽く押す。中鉢はあたしを振り向いた。あたしは目だけで頷いた。

玄関の戸が横に滑り、閉じる。

お父さんは動かなくなった戸を見つめてふっと息を吐き、あたしを見下ろした。

「いつ言おうかと思っていたんだけど」

生唾を呑んだ。げんこつくらいは覚悟しています。

「眉毛、すごいね」

あたしはがっくりと脱力した。

「自分でやったの？」

「……ちがう。中鉢」

「へえ。器用なんだな。ルーシー・リューみたいだ」

父はやはり父であった。

いつもほど、嫌だとは思わなかった。この人は何も聞かずに中鉢を守ってくれた。

「ただ」

父の顔が変わった。見たことない顔だった。あたしを叱るときとも褒めるときとも違う、ちょっと苦しそうな顔だった。あたしをどう扱っていいのかわからないとでもいうような。

「なにもなかっただろうね？」

言われた意味がわからなかった。

父は額に手を当てた。

「いや、なんでもない。それだけぼんやりしてるなら、なにもなかったってわかるから。お父さんの顔、直視できてるし」

「なんのこと」

問い返した瞬間、あたしの中でも意味が繋がった。

お父さんは、あたしと中鉢のあいだに体の関係ができたのではないかと聞いているのだ。

そうか、一晩同じ家の中にいるっていうのは、そういう意味にもなってしまうのか。

うわあ、こんな話、親父とするの嫌すぎる。

梅干しを食べたときみたいに筋肉が縮んだ。とんでもなく居心地悪いけど、一晩心配をかけてしまったのだし、ちゃんと話すしかないんだろう。

「お父さん」

「人様の家の前で話すものじゃないな。車に戻ろうか」

父はポケットから鍵を取り出す。

基本レディファーストのこの人が、今日はあたしの前を歩いてる。

＊

車の中にはたばこのにおいが残っていて、灰皿には吸い殻が四本刺さっていた。

「薫子を捜しているあいだに吸っちゃったよ」

お父さんはシートにもたれている。この人と二人きりで話すなんて、いつぶりだろう。

お父さんが穏やかに見えるのは、ニコチンのおかげだろうか。

「なんとなく、じいさんの家にいるんじゃないかとは思っていたんだ」

あたしは助手席で灰皿の穴を数えている。

「飯能に捜しに行く気はなかった。薫子があの家にいるんだったら邪魔しちゃ悪いし、いないんだったら意味ないし」

「邪魔？」

「俺が追いかけていったら、あの家の意味がないだろ」

あたしは二つの寂しさを覚えた。一つはお父さんが自分を「俺」と呼んだこと。もう一つは、あたしの孤独を尊重してくれようとしたこと。

お父さんは、お母さんよりずっと早く、あたしを一人の人間として認めているのかもしれない。自分の思い通りにはならない、得体の知れない生き物として見ているのかもしれない。

認めてくれるのは嬉しい。

でもあたしは、お父さんが思っているほど自立してるわけじゃない。今朝、お母さんに叱られて嬉しかったみたいに、お父さんにもまだ追いかけてきてほしいんだ。実際に追いかけられたら気持ち悪いし腹が立つしでこじれちゃうのは間違いないんだけど。

あたしはないものねだりのわがままを言っているんだ。

それでも寂しいものは寂しいんだ。だってまだ十四歳なんだもん（お父さんが聞いたら喜びそうなセリフだ）。

「若い子って夜はどこで遊ぶの」

「知らないよ」

「テレビで見たような予測しかできなくて、池袋のサンシャインと渋谷のセンター街。新宿は見当がつかなくて駅の周りぐるぐるしちゃった」

お父さんは間延びした声で言って、少し笑った。

「からまれなくてよかったよ」

大きなあくびをしている。

あたしは心臓が痛くて、息がうまくできなくて、謝ることすらできなかった。

「仕事、へいき?」

「連絡は入れてある。薫子は、学校行けるかい」

「うん。ちょっと遅れるかもしれないけど」

「これまで無遅刻無欠席だったんだから、今日くらいいいさ」

「皆勤賞だと卒業式のときに表彰されるんだけどね」

「え、ほんと」

お父さんはシートから体を起こした。あたしが大変なものを逃すとでもいうように。

「いいよべつに。皆勤賞なんて」

「行かなきゃ」

お父さんはエンジンをかけた。

「あたしもちょっと寝たい」

「だめだ。学校に行きなさい」

お父さんは声のふちをひび割れさせた。普段あたしがおちょくっているのとは違う人が、ここにいる。

「お父さん」

「うん」

「ごめんなさい」

「うん」

お父さんはダッシュボードからたばこを取り出し、口にくわえた。「あ」と気づいて箱に戻そうとする。

「吸えば」

あたしが窓を開けると、お父さんは少しためらったあとで火をつけた。

「お父さんもさあ」

あ、「俺」から「お父さん」に戻った。

「薫子には悪いと思っているんだ」

寂しいのと、むかつくのと、悲しいのがマーブルアイスみたいになっている。

「やっぱ、このままじゃいけないよなあ」

お父さんはなにかを決意したように見えた。

このままではいけないって、なにが？

こんな問いさえしらじらしかった。あたしの頭の中ではとっくに、それが起きていた。

いちばん信じたくないこと、いちばん起きてほしくないことが、粛々と進んでいる。

6

あたしと中鉢は、中学二年の進級で初めて同じクラスになった。

「近藤薫子です。よろしくお願いします」

「中鉢章雄です。よろしくお願いします」

誰に言うでもない、どこを見ればいいのかもわからない自己紹介が、あたしたちの出会いだった。

あれを出会いって言っていいのかな?

そのときのあたしたちが、互いを認識していたとは思えないから。

男子と女子が話すようになるのには時間がかかるので、中鉢に対してもただのクラスメイト、ちょっとかっこいい男の子だとしか思っていなかった。肌が白くて、目が大きくて、細身で背が高くて、髪がさらさらしていて、少女マンガに出てくる人みたいだった。クラスの女の子みんな、中鉢が気になっていた。

でも「中鉢くんかっこいいよね」とは誰も言わなかった。そういうの、恋とか、あこがれとか、あたしたちはとっても注意深い。弱みになるって知っているから。自分自身の弱さってことじゃなくて、からかいの対象になるって意味で。

中鉢は美形な上に足も速くて勉強もできて、彼こそスーパーボーイ（当時）だった。おまけに物腰も穏やかで、みんなに優しかった。王子様みたいだった。

席替えをしたのは四月終わりのことだ。あたしたちの学年では、席の前後左右六名ずつで学習グループを組むことになっている。

中鉢とあたしは同じグループになった。一学期のあいだ、このグループで理科の実験も国語の分析も社会科のディベートも行う。

同じグループになったことで、あたしたちは授業に関する話だけはするようになった。おぞましいフォークダンスの時間も経た。

あの頃の会話は、言葉を交わすというよりも、音声のやりとりと言ったほうがいいのかもしれない。クラスの中でも華やかな女の子たちは、少しずつ中鉢たち男の子に話しかけるようになっていたけど。

あたしが中鉢と初めて「会話」したと思っているのは、家庭科の調理実習でのことだ。

あたしたちはじゃがいもの皮をむきながら、やっとお互いの言葉を使う機会を得た。

「皮むきうまいね。近藤さんは料理するの」

「うん、するよ。お母さんが仕事で忙しいときは……危なっ」

中鉢の手はブレていて、いまにも指を切ってしまいそうだった。

「ピーラー使いなよ」

「せっかくなら包丁に慣れたいなあ」

「やめてやめて。練習なら家でやって。あたしの身が持たない」

あたしは引き出しからピーラーを出して、中鉢に差し出した。

「はは、身が持たない」

王子が民に向けるような美しい笑みを浮かべるばかりで、中鉢は包丁を手放さなかった。

「ピーラーの使い方わかる？」

あたしはちょっとバカにしたように聞いた。中鉢はまだ惜しそうに包丁を見ていたけど、

「教えてあげよっか」とさらに意地悪く言うと、やっと刃物を置いた。

いま思えばあれが、あたしと中鉢に友情が芽生えた瞬間だったんじゃないかな。

中鉢が包丁を手放すには、なにかきっかけが必要だった。へその緒を振り回すスーパー

ガールなあたしは、それをわかっていたんだ。

「男子厨房《ちゅうぼう》に入るべからず」

中鉢はつまらなさそうにピーラーを目の高さまで持ち上げた。

「ボクの家はそんな感じだから台所に入れない。包丁も持たせてもらえないんだ。食べ物も飲み物も、お姉ちゃんかお母さんに持ってきてもらわないといけない」

「へえ、不便だねえ。自分でやったほうが早いのにね」

中鉢は、思いがけない言葉を聞いたとでもいうように、目を見開いた。

「あれ、ごめん。あたしへんなこと言ったかな。もちろんあたしもお母さんにごはん作ってもらってるけど――」

「殿様ごっこ」

中鉢はじゃがいもをピーラーに当てた。

「ごっこ遊びみたいなものだよ」

ピッ、と皮が飛んだ。

中鉢から包丁を取り上げたことを褒めてほしい。包丁が自分の指を切ってくれるのを待っているみたいだったのだから。

「ピーラーでも料理はできるよ」

あたしはにんじんをマラカスみたいに振った。

「にんじんのきんぴらね、千切りじゃなくてピーラーでささがきしてもおいしいんだ。口当たりがいいの。たくさん食べられるよ。ささがきってどんなのか知ってる？」

「うん」

見事な生返事だった。ぜったい知らないと思う。

「今度やってみれば。簡単だよ。ピーラーでささがきするだけだったら、リビングでテレビみながらでもできるから。男子厨房に入らなくても料理はできる」

中鉢はぽかんとしてあたしを見ていた。

「あれ、あたしまたへんなこと言った？」

次には腹を抱えて笑っていた。今度は王子じゃない、十四歳の笑いだった。中鉢がこんなふうに笑うなんて。みんなもびっくりした顔をしていた。

もちろん、「男子厨房に……」が、「男は台所に立ってはいけない」という意味そのままだとは思っていない。リビングで皮むきすりゃいいってもんでもない。

それでも言わずにはいられなかった。

「ごっこ遊びみたいなものだよ」という中鉢の声は、あたしの胸を冷やすのにじゅうぶんだったから。

あたしが、ひいじいちゃんの鍵を握りしめて、耳をふさいでいるときの冷たさによく似ていたから。

調理実習で作ったポテトサラダと焼きコロッケはすごくおいしかった。

その日からあたしと中鉢はほんとうに「会話」をするようになった。

特別なにかを語り合ったりするわけではない。

あたしの席は、彼の斜め後ろだったし。彼の隣の席には、ほかの女の子がいたから。席が隣り合うのって疑似夫婦みたいなもんだ。一種の独占権がある。隣の席の女子をいちばんに扱うべしというのは、暗黙のさらに下の地層にあるルールだった。だからこそ、このクラスでいちばんの美人の隣を誰もが狙うわけで。そう思うと、あたしの隣になる男の子はかわいそうだな。

あたしと中鉢は、ちょっと挨拶がしやすくなっただけだ。

男子たちがあたしやほかの女子をからかっているとき、中鉢は静かに微笑んでいた。存在を消そうとしているようにも見えた。実際、そのときはみんなも中鉢がいることを忘れていた。男子は女子をからかうたび有頂天になっていたし、女子は心底怒り、うっとうしがって、なのに不可思議な喜びがあることに戸惑っていたから。

その狂騒にはあたしも巻き込まれていたけど、騒ぎながらも中鉢のことは視界の端で見ていた。中鉢も仏様みたいな顔して固まりつつ、あたしを目で追っていた。

そんなふうに、あたしたちは友情のしっぽをつかんではいたけど、長いこと「らしき」ものの中に漂っていた。相互監視の厳しい教室で、男女が一定以上の距離を詰めるのは難しい。中鉢はファンの多い美少年で、あたしは眉毛ボーボーのいかつい女だったから、なおさらだ。

あたしは中鉢が好きだったし、中鉢もあたしを好きだとわかっていた。それ以上発展させる必要もなかったのかもしれない。

夏休みが明けて間もない頃、彼はカミングアウトした。

なにが彼を決意させたのかはわからないけど、風船を針で刺したみたいなことじゃなかったのはたしかだ。

やけくそとか、ましてヒロイズムなんかじゃない。

中鉢は知的で、きれいだ。彼はずっと、自分自身について考えてきた。自分が何者で、この先どうすべきかを、考え続けてきた。その登山の途中で見つけた花にカミングアウトという名がついていただけだ。断崖絶壁に咲く一輪の花。彼は危険を承知で花を摘み取り、あたしたちに見せた。

なんて大変なことをやったんだろうって尊敬しているけど、当時はあたしも戸惑った。あたしは戸惑いに直面すると、必要以上にシニカルになったり、心を氷で装ったりする。中鉢のこともずいぶん冷ややかに見ていた。戸惑いの熱さと、防御の冷たさを、持て余していた。

それというのも、カミングアウトこそ静かだった中鉢が、狂乱と熱狂の時代に突入するのを目の当たりにしたからだ。セーラー服を着て、「わたし」と称し、女の人っぽい言葉を使い、無駄にくねくねした仕草を取った。どこから引っ張ってきた女性像かは知らないが、ソレが彼の望んだ姿だとは、どうしても思えなかった。

行為そのものを狂乱と言っているわけじゃなくて、中鉢が自分の行動に酔いしれているように見えたのだ。「狂乱」っていう名のお酒で自分を麻痺させようとしているみたいだった。あたしは、そのときの中鉢のことがあまり好きではなかった。彼から喜びを感じられなかったからだ。

ホントウのジブンを告白したはずなのに、そのジブンに振り回されているように見えた。自由を求めて檻から出たはずなのに、別の檻に移っただけじゃん、って。

厳しすぎる見方だったと反省してる。中鉢は、あたしの冷めた目にも傷ついていた。中鉢は、カミングアウトしたあとの自分を、どう表現していいのかわかんなかったんだ。クライシスを熱狂で相殺《そうさい》しようとしたんだ。必死に、瞬間瞬間を切り拓こうとしていたんだ。

中鉢の周りからは人が消えていった。彼は孤立した。授業から与えられた知識はたしかに視野を広げ得るものだったけれど、正しくソレを使えるのか、あたしたちは自信が持てなかった。

あたしたちは授業のあいだ役者になれるので、理解のふりなど無限にできる。ビデオを見たあとの感想文だって、先生の求めていることを書くだけだ。

あたしたちはお利口さんで広い心でもって結束しているので中鉢を排除することなどありえません。

あの授業は、あたしたちのためではなくて、先生を安心させるためのものだった。

あたしたちはほんとうに戸惑っていて、中鉢とうまく会話できなくなったことに自己嫌悪していた。授業中、寛容ないい子を演じるたびに沖に流されるような感覚を味わった。あたしたちはこれ以上、自分を嫌いになりたくなかった。心の狭い人間だと思いたくなかった。中鉢と距離を置くことさえ、辛かったんだ。

でも、どうすることもできなかった。まるでゼリーに覆われたみたいに、身動きが取れなくなった。

そのゼリーを、中鉢は自ら破ろうとした。

まったくスーパーエンジェルだ。思い返せば返すほど、あたしは中鉢を好きになる。

彼は、ゼリーの壁に小さな隙間を見いだした。

眉毛だ。

ある日彼は、あたしの席の前に立って言った。

「眉毛切らせてくんない」

彼に対する反応とか優しさとか結束とか、考える間もなかった。

「はあ?」

ぶっきらぼうな声が出ていた。

あたしがカミングアウト以前の彼に対して取っていた態度そのものだった。自転車に一度乗れるようになったらブランクがあっても体が覚えているように、あたしの体が中鉢に対する態度を覚えていた。

はあ？　って言ったとたん、ラクになった。

中鉢は「男子」ではなくなったけど、中鉢であることに変わりはない。

お腹のあたりで、ストンという音がした。

あたしたちは眉毛をめぐって仲良くケンカするようになった。中鉢があたしを「薫子ちゃん」と呼ぶようになったのもこの頃からだ。

眉毛ってものを選んだ中鉢はさすがだと思う。

あまりに唐突だったから、身構えることもできなかった。これがもっと礼儀正しくて順を追ったものだったら、あたしはこんなふうに振る舞えなかった。

疎遠になったクラスメイトにいきなり声をかける恐怖はどれほどのものだろう。それも、「眉毛切らせて」なんて。

「薫子ちゃんは大丈夫ってわかってたんだよ」

後日、中鉢はそう言った。

「薫子ちゃんなら、ぶつかっていっても大丈夫だって、わかっていたんだ」

あたしはそれほど優しくないし、寛容でもない。こうやってまた話せるようになったのは、中鉢の勇気があったからだ。

そう言うと、彼は脇腹をくすぐられたみたいにふわっと揺れるのだった。

*

寝不足のツケって朝に来るとは限らないんだよな。

いつもより目が冴《さ》えているくらいだ。

なぜって、学校で眉毛を披露しなければならないから。

お父さんからは「遅刻しちゃだめだぞ」と念を押されていた。自分は寝室に直行したくせに。

お母さんが朝ごはんを用意してくれていた。すごく疲れた顔をしていたけど、お化粧もスーツも決まっていた。時間通りに出勤するらしい。お母さんの疲労を目の当たりにしたあたしは、二度と心配をかけまいと誓った。いままでに何度も誓ってるけど。すぐ忘れちゃうけど。

いつものようにおいしい食パンを二枚食べて、ココアを飲んで、家を出た。右手には紙袋がある。夏物のセーラー服が入っている。

ちなみに、お母さんはあたしの眉毛を見て「変わるものね」と言った。褒められたのだ。それだけで血のめぐりが良くなった。教室に行く恐怖も和らいだ。お母さんに褒めてもらうことがあたしの最重要事項なんだ。だってまだ十四歳なんだもん！

できるだけ胸を張って歩いた。あたしの前髪は短いので隠しようがない。だったらもう、堂々とするほかない。

道の途中で友達に会った。おかっぱ頭で、大きな眼鏡をかけていて、首にヘッドホンをつけている。これ見よがしに持っている大きな本がトレードマークだ。今日のは『存在の耐えられない軽さ』だった。ほんとうに読んでいるかは怪しいけど。

「おはよ」

友達はカパッと口を開けて、あたしの目の上を直視した。

「ついに」

振り絞った勇気は、友達の視線でむなしく溶け去る。

「デコから手を離しなさい」

友達はあたしの手首をむんずとつかんだ。

「へえ、きれいだねえ。毛の流れが活かされている。ふうむ、こうやってやるのか」

彼女は「チョビ眉」だ。目が大きく見えるんだそうだ。あたしにはよくわからない。

「中鉢にやってもらったの？」

一瞬答えに詰まったが、頷いた。眉毛をめぐるあたしたちのドンパチは、クラスのみんなが知るところだ。

「ついに負けたか」

チョビ眉は甲高く笑って、本の表紙に手のひらを打ちつけた。

負けた？　あたしは首を傾げた。べつに腹は立たない。ひいじいちゃんの家でのことを、誰に説明しようとも思わない。

あたしたちは並んで歩き始めた。チョビ眉の反応を得たことで、またちょっと気がラクになった。

教室に行くと、みんないつも通りに「おはよう」と言った。

それだけだった。眉毛のことなんか誰も見ない。

ひとの変化ってそう気づくものでもないんだろうか。髪型や体型ならともかく、眉毛の変化なんて大したことではないんだろうか。

というよりも、面と向かって「変わったね」って言う必要がないのかもしれない。両親や友達がそれを言ってくれるのは、大なり小なりあたしに興味があるからだ。

びくびくしていたのがバカみたい。

バカみたいって思ってやっと、みんながあたしに注目してくれるのを、ちょっと期待していたんだって気づいた。

あーあ、ほんと、バカみたい。

朝のホームルームが始まっても、中鉢は登校しなかった。

空席にそわそわする。授業にも身が入らない。得体の知れない不安が、たばこの煙みたいにまとわりつく。

中鉢が教室に来たのは、二時間目が終わったあとだった。

教室がざわめく。あたしの眉毛とは比べ物にならない。なにしろ久しぶりの「男子姿」だ。

「おはよう」

「おはよ」

なにかがおかしい。中鉢の姿はいまや「正しい」男子中学生だったし、彼があたしに宣言した通りの格好でもあるのだから、おかしいことなどないはずなのに。

周りの空気がゆがんでいるとしか言いようがない。どこか不自然だ。ううん、「間違っている！」と叫びたくなるような姿だ。

考える前に体が動いていた。背中をぽんと打つと、中鉢は反るようにびくついた。

やっぱりな。

あたしのまぶたが降りる。お腹の奥が動く。大きな手でこねられているみたいに、ぐうっと動く。強い力が、ゆっくり、ゆっくり、血管を開いていく。

中鉢の手をつかんで、教室を出た。

「薫子ちゃん」

咎《とが》めるような声が聞こえるけど、前傾姿勢でずんずん歩く。

「授業始まるよ。教室戻ろう」

中鉢は進むまいと踏ん張ったけど、なにするものぞ。骨付き肉みたいな脚でよかった！

「失礼します」

保健室は中棟の一階にある。ドアを開けて中鉢を引っ張り込んだ。

「はーい」

笛のように高い声がした。保健の竹茂《ちくも》先生は、ウエーブのかかった髪を一つにまとめ、若葉色のロングTシャツと黒のワイドパンツの上に白衣を羽織っていた。お母さんより少し年上の女の人で、ぷりっと太っている。

あたしはこの先生が好きだ。サボりたくて仮病を使っても、追及せずにベッドに寝かせてくれるから。

なにより、中鉢が学校で過ごしやすくなるように、手を貸してくれるから。

「どうしたの？」

腰を落としてしぶっている中鉢を、先生の前に引きずっていった。竹茂先生は笑顔を消し、立ち上がって中鉢の背後にまわった。

「座りなさい」

肩に手を置くと、中鉢はまた身を固くした。あたしと先生は反射的に目を合わせた。

あたしは、中鉢になにが起きたのかわかっている。

中鉢は、あたしにだけは見られたくないんだ。

それは、これが、中鉢の体だけではなく心に傷をつけているから。体の傷を見られるというのは、そのときの屈辱を（屈辱でなくてなんであろう！）あたしの前で再生することでもあるから。

わかってる。

保健室に来ることは、決して彼の望むことではない。彼の気持ちを考えたら、あたしは正しいことをしているなんて言えない。

「中鉢さん。服をめくっていいかしら」

竹茂先生も、以前からなにかを感づいていたのかもしれない。声は穏やかだったけど、有無を言わさぬ厳しさがあった。

中鉢はうなだれている。

先生は中鉢のシャツをゆっくりとたくし上げた。あたしは目を閉じかけたけど、堪えた。中鉢の痛みを人目にさらさせたのは、あたしだ。

彼の背中は赤黒く腫れていた。

服で擦れるだけでも痛かっただろうに。

あたしの頭に、また映像が浮かぶ。まぶたがギュッと降りた。

中鉢のお父さんが、床にうずくまる中鉢を蹴っている。手にはベルトがあった。蹴って、ぶって、蹴って、ぶって。

「冷やしましょうね」

先生は冷凍庫から保冷剤を取り出して、タオルに包み、中鉢の背中に当てた。中鉢はやっと痛みが出たというように身じろいだ。

あたしは唇を噛んでいた。お腹がぽかぽかしていた。

ぽかぽかしているのは、あたしの体の中にある宝物が主張しているからだ。「ここにいる」って声を上げているからだ。

宝物っていうのは、ほかでもない、あたしの思考のこと。

春先に、あたしはちょっとした怪我をした。ただのオッチョコチョイだ。ベランダの掃除に夢中になっていたら、立ち上がりざまにサッシの鍵に目をぶつけた。サッシのレールに溜まった泥を掻き出すのに夢中になって、距離感がわからなくなっていたのだ。目玉を収納している骨の、ふちっこのあたりから血が出ていた。周辺は紫色に腫れて、その日は頭痛が治まらなかった。お母さんが何度も氷を割ってくれたのが嬉しかった。

あの日あたしは、痛みからいろんなことを考えたんだ。

その夜に見た映画も、偶然だとは思えない。

夕飯のあと、傷の痛みにぼんやりしながらテレビを観ていた。放映されていたのは不良少年の抗争を描いた映画だった。かっこいい男の子がたくさん出ていて、わくわくした。だけど、ケンカのシーンになると、冷静になってしまった。

小さい頃によく遊んだ、磁石式のお絵描きボード。あれに似ていた。描き込んだわくわくが、暴力シーンになるとスライドレバーを動かしたみたいに一気に消える。

だって痛いんだもの！

痛みの長所が一つもわからなかったんだもの！

人を殴るひとはたぶん殴られたこともあるんだと思う。そのとき受けた痛みには驚かなかったのだろうか。あたしみたいに、ぼんやりしなかったのだろうか。

あたしは、傷の痛みそのものよりも、そのあとに訪れた空白感のほうが怖かった。痛みを知っているのにもかかわらず、他人に味わわせることができるのは、他人は自分ではないからだろうか。他人の痛みは自分とは無関係だからだろうか。それとも、殴り合い自体が会話なのだろうか？

殴るだけがソレじゃない。あたしの家にも暴力は満ちていた。

私の父は物を壊し、大きな声を出して母を威嚇します。

その空気で私の細胞を破壊します。

私の母は、言葉で父の尊厳を砕きます。

同じ口で、私を世界一醜い生き物のように思わせます。

私の家はその応酬で動いています。


あたしはいろんなところにへその緒を繋いでしまって、いつも誰かの苦しみを受け取っていた。誰かの苦しみがあたしの苦しみだった。

へその緒を繋いでしまうのは、未成熟の証だ。いろんな人の痛みを我がことのように感じるっていうのは、決して美点じゃない。無駄な疲れを得るから。不毛な消耗だから。

だとしたら、成熟ってなんだろう。

へその緒の逆を行けばいいのだろうか。他人の痛みと自分を割り切ってしまえば、成熟の証となるのだろうか。

中鉢のお父さんは、中鉢の痛みが彼ひとりで終わるものだと思っているのだろうか。それはあのおじさんが、人間として成熟しているからなのだろうか。

「殴らなければ、わからないことがある」

あたしはいろんな所でこの言葉を聞く。

「体にわからせる」

それはいったいなんだろう？

あたしたちは頭の知性と体の知性を備えている。言葉で交流する。体の動きで示し合う。その交流は、じれったい。辛いことでもあるかもしれない。自分の白磁の器を外に出すことは、大切なものを黒いまりもにしてしまうことでもあるから。

大切な器をわざわざ外に出して、砂鉄を取り払って、垣間見える白磁の色を、なんとか相手に見せなければいけない。なんて面倒だろう。撲殺用の鈍器として使ったほうがどれだけ早いだろう。

殺してしまったら、相手にはなにも伝えられなくなるけど。

暴力はそもそも一切の交流から外れている。意思を伝えるのにいちばん向かない方法だ。ソレは言葉ではない。ジェスチャでもない。

力で体や心を抑え込み、相手の世界にバケツいっぱいの黒インクをかける行為だ。その人だけが持つ目の色、手振り、息づかい、鼓動、命の動きが織り上げる鮮やかな世界を塗りつぶす、徹底的な否定だ。

否定は相手の心に深い穴を開ける。暴力はすかさず、そこに嘘を植えつける。世界はひとつ。この黒い世界だけ。どこまで逃げても同じこと。走っても走っても出口などない。ここにいるしかないのだ。

そんな嘘を。

あたしは、お父さんとお母さんが争っているとき、いつも本棚を眺めていた。世界はひとつなんかじゃない。ここがすべてだと思うな。本が語りかけてくれるから、あたしは嘘に騙《だま》されずにすんだ。

そうでなかったら、光のない未来を突きつけられて、生きてはいられなかっただろう。

それでも生きていたいから、あたしは暴力にお願いをしただろう。

なんでも言うこと聞くから、絶望を見せることだけはもうやめて。

このお願いこそ、暴力が求めているものだ。

言うことを聞く限り、暴力は優しくなる。他人をコントロールするにはいい方法なのかもしれない。

——だけど。

あたしは、中鉢の背中を見つめた。中鉢の痛みは、そこにあるわけじゃない。

わかってる。わかってるよ。

あたしたちは、自分の家のおかしさを、他人に知られることを望まない。あたしたちの命は、自分の家と直結しているから。自分の家から、寝る場所や食べるもの、命の糧を与えられているから。守ろうとする。隠そうとする。

――うん。

衣食住が必要だから隠したいわけじゃない。

あたしたちは、そんなに簡単にあの場所を嫌いになれないようになっている。

家にはあたしたちが生まれ育った時間が詰まっているからだ。

あたしたちは、あたしたちの人生を否定しては生きていけない。家と、家に満ちている時間と、その中にいる人たちのことを、愛するほかにない。

あたしたちは、その場所から痛めつけられていることが理解できない。愛する人のとる行いが、暴力だとは思えない。

だから、自分が悪いんだと考える。

これは、当然の報いなのだと考える。

自分一人黙っていればいいのだと考える。

「黙っていてもらえませんか」

なんて静かな声だろう。怒ることも悲しむことも、不相応の贅沢品《ぜいたくひん》だと言わんばかりだ。

中鉢は、いま、自分自身を責めているんだ。

「ほかの先生には黙っていてもらえませんか」

「そういうわけにもね」

竹茂先生は右手で保冷剤を支えたまま、左手を腰に当てた。あたしはほっとした。優しくキッパリしている竹茂先生。

「この背中は、誰にやられたの」

先生はあえて、「誰に」と聞いた。どうしたの、なにが起きたの、ではなくて。

中鉢は口を開かない。

「お家のひと？」

開かない。

「中鉢」

あたしが呼びかけると、彼の指がぴくりと動いた。

長い沈黙のあと、観念したように背中を丸めた。

「お家のひとなのね」

竹茂先生は保冷剤を持ち替え、位置をそっとずらした。

「なにがあったのか、話せる?」

「ボクが、家を出ると言ったからです」

えっ、と声が出たのを慌てて呑み込む。てっきり昨夜の家出のせいだと思っていた。

「高校には行かずに働くって言ったんです。住み込みで働けるところか、寮のある会社を探すって。家族にはもう迷惑をかけたくないから。一人で生きていきたいから」

ひいじいちゃんの家で、「履歴書って見たことある?」と言っていたのを思い出した。履歴書なんて、あたしたちはまだ手に取らなくていいはずのものだ。「そこ」に行くまでにはまだ、いくらかの時間を与えられているはずだ。

働いてお金を稼いで、自分の力で生きていくこと。実際にどれほど大変なのか、わからない。

だから、別の想像をした。

住む場所と、着るものと、食べるものを、自分で自分に与えること。請い願うようにしなくとも、しがみついたりしなくとも、自分の力で生きていけるのだという希望。

すうっと涼しい風が通ったような心地がした。家と自分のあいだにある舫《もや》い綱をほどくとき、怖さとともに自由を得ることができるんだ。

本屋の文具コーナーで履歴書を手に取るたび、中鉢は性別記入欄という門番に追い返されていたのかもしれない。自立という、未来への希望から。

それでも、道を模索しようとしていたんだ。なにが潜んでいるかもわからない真っ暗闇に、手を伸ばしていたんだ。

中鉢の勇敢さは、何度讃《たた》えても足りないくらいだ。

「父は怒りました。……ボクは、両親の好意を、ことごとく無駄にしてしまうんです」

ほら、やっぱり中鉢は、自分が悪いのだと思っている。

こうやって混乱していって、ほんとうのことがわかんなくなる。

寮とか住み込みというものがどれだけ現実的なことかはわからないけど、中鉢が生きる糧を得ることについて答えをひねり出さなきゃいけない状況にあるということが、あたしは恐ろしかった。

「タイミングが悪かったかもしれません」

中鉢はやっと、顔から手を離した。

「ボクも父も、今朝はほとんど寝ていなかったから」

竹茂先生は首を振る。

「背中がこんなになっているのよ。どんな理由も立たないわ」

「お願いです。放っておいてください。来年、ボクが家を出たら、解決することなんです」

「そういうことじゃないのよ」

「お願いです」

「中鉢さん」

「ボクのことは放っておいてください」

中鉢は立ち上がる。丸椅子が滑る。駆け出そうとする腕をあたしはとっさに捕まえる。

「薫子ちゃん、放して」

胴に腕を回し、脚を踏ん張った。金太郎が相撲の稽古をするみたいに。

「放して」

もがいたって離れるもんか。あたしはいかつい女なんだから。

「放して」

だけど、やっぱり、中鉢の体は男の子なのだった。

「放せよ！」

いくらあたしの脚が太くたって、彼が本気になったら力じゃ及ばない。

彼を保健室まで引きずってくることができたのは、中鉢も心のどこかで「保健室に行きたい」と思っていたからなんだ。

あたしは中鉢に投げ飛ばされて、床に倒れた。肺がひっくり返ったみたいに息ができなくなった。

やっぱり痛いなあ。

だけど、この痛みと、中鉢の背中の痛みは、違うものなんだろうなあ。

あたしには想像が追いつかない。たとえ中鉢にへその緒が繋がっているのだとしても、じゅうぶんだと思いたくない。彼の痛みがわかるなんて、言いたくない。

中鉢があたしを見下ろしている。

ああ、空っぽの顔をしている。

7

「どきなさいよブス」

お母さんはとうとうあたしをブスと呼んだ。

これまでは脚とか髪とか具体的に侮辱するだけだったのに、ついに本丸とでも呼ぶべき言葉、ブスを放った。お母さんの精神状態はかなり悪い。

あたしは眉を整えるため、洗面所の鏡とにらめっこしていた。眉毛ってすぐ伸びるのね。眉用ハサミとカミソリは、近所のドラッグストアで買ったものだ。

「どけって言ってんのよ！」

洗面台から体をずらしたが、足りなかったようだ。目の前から失せろという意味だったらしい。慌ててリビングに行った。

あたしがおしゃれをしないことをあんなにイビっていたくせに、いざ手を加え始めると、それはそれで気に入らないようだ。顔つきが、あのときのお父さんに似ていた。

あたしと中鉢が「朝帰り」した日。お父さんが「なにもなかっただろうね？」と聞いたときの、あの顔。それに加えて、お母さんからは嫌悪感のようなものが透けて見えた。あたしと母は同性であるだけに、そのへんも父とは違う複雑さがあるようだ。この複雑さはまだ言葉にできない。うすらぼんやりと、あたしの前に膜を張っている。

あたしがミニスカートをはいたりお化粧をしたらどうなるんだろうな。世の中の女の子はみんな、お母さんとのあいだにあるうすらぼんやりとした膜を突き破っておしゃれの道に踏み出しているんだろうか。すごいな。

お父さんは間もなく出勤しようというところで、あたしを気の毒そうに見ていた。その手にお弁当のバッグはない。

もう作らなくていい、と言ったからだ。

お母さんが夫婦最後の架け橋のように思っていたものを、お父さんは向こう岸から断ち切ってしまった。

「行ってきます」

お父さんが玄関を出る。あたしも続いた。登校時間までまだ余裕があったけど、お母さんのイライラに付き合ってなんかいられない。

まだ心臓がどきどきしている。

ブス、ってすごい響きだ。鼓膜に向けて長い針を突き刺されたみたいだ。自分のこと美人じゃないってわかっていても、やっぱりきつい。

「ごめんな」

お父さんは相変わらず絶妙なさじ加減であたしをイラつかせる。

あたしは無視した。お父さんはしょんぼりしながらも歩調を合わせてくる。空気読めよ。

無言のままでいるのも決まりが悪い。

「なんであんなこと言ったの」

あたしが話しかけてあげたので、お父さんはパッと嬉しげな顔をした。オエェ。

「少しでも負担を取り除いたほうがいいと思って」

「負担」

「毎朝弁当作るなんて大変だろ」

呆《あき》れ果てた。

この人もしかして、優しさからお弁当の廃止を言ったのか。

そうだとしたら、猫が飼い主に死んだカエルをプレゼントするくらいにおめでたい。

こんなにおポンチなのに、なんでこの人は大手企業でそれなりのポストにいられるんだろう。

「お母さんは、疲れているんだろう」

それはお父さんの優しさ。

お父さんは禁煙をやめた。喫煙者に戻った。お父さんの腹にダイナマイトがないことくらいとっくにわかっているはずなのに、お母さんは挫折を責めた。禁煙に非協力的だったくせになにを言ってんだとも思うが、お父さんが初志貫徹できなかったことが許せないらしい。

お母さんは人生そのものがストイックなのだ。

お父さんはそれを、「疲労」だという。

このすれ違いって、どうにかなるものなんだろうか。

雲の配置を替えようとするくらい途方もないことに思えた。目の前が暗くなって、足を止めた。

「お父さんは、お母さんが髪を切ったの気づいてる?」

「え?」

「お母さんのお料理をおいしいって言ったことある？　新しい服をかわいいって褒めたことある？　アイシャドウの色が変わったことに気づいたことある？」

　この親父なら気づくだろう。

　そんなのいちいちやってられっか、とあたしも思う。もっとマメになれって言ってるわけじゃない。

　お母さんの寂しさをもう少しまじめに受け取ってもいいんじゃないかと言ってるんだ。あの人の奥底にある冷たい世界は、アウトプットされるときはスイカ食って夫に嫌がらせするとか、娘を罵倒したあと恥ずかしげもなく自己嫌悪を顔に出すとかいうくだらないこととしてしか表出しないし、あたしたちもほとんど相手にしないけど、放っておけば頭がいかれてしまうのだ。

　お弁当を作るのは、お母さんの矜持《きょうじ》だった。

　どんなに忙しくても、どんなに疲れていても、彩りと味のバランスが取れたお弁当を作っているということが、あの人の誇りだった。

　お父さんはそれを何度も捨てた。

　あげく、もう作らなくていいと言った。

一緒に暮らしているくせに、あたしよりも付き合い長いくせに、どうしてその意味がわかんないんだろう。

実はあたし、母方の祖父母と一度も会ったことがない。

お父さんはルンルンと実家に帰ることができるけど、お母さんはなにがあっても東京都練馬区にいるしかない。

あたしにその寂しさはわからない。故郷に帰れないということがどんなものなのかわからない。

それでもお母さんの中に石の城みたいなものがあることはわかるんだ。とってもひんやりした、大理石のきれいなお城が。

「お父さんが悪いよな」

ハンサムな顔が曇る。あたしの怒りの意味はわかっていないだろう。この人はあたしに嫌われたくないから謝っている。

もう、あたし、吐いちゃうぞ。

お父さんばかりを責められない。お母さんはめんどくさい。かわいくない。腕時計のコレクションも鼻をつまむような顔しかしないし、食卓でお父さんが話題を振っても無視するし（あたしもテレビ観ながら静かに食べたい派ではあるけど）。この嫌な感じを言葉にしてもくだらない響きしか残らないのがほんとうに嫌だ。お母さんの過去になにがあったのか知らないけど、いつまでもヒエヒエの城塞に閉じこもっているのもどうかと思う。いまここにはお父さんしかいないので、「そうだよ」と言った。

お父さんは傷ついた顔をした。もう嫌だ。

「あたし、疲れた」

口にしたらほんとに疲れた。

「先に行って。電車遅れるよ」

お父さんはかっこいい腕時計でちらりと時間を確かめた。

あたしは密かに期待した。「カフェでも行こうか」って。もう少しゆっくり話そうか、って。

お父さんがそんなふうに、反則をおかしてくれること。

あたしは皆勤賞がかかっているし、お父さんは会社でおつとめがあるのだから、決してそんなことはできない。

どんな名誉も、義務も、いまあたしたちが抱えている問題よりも大切だとは思えないのに。

どうして、あたしたちは抗えないんだろう。

「行ってらっしゃい」

お父さんの横をすり抜けた。これだけであばらがきしむんだから、一体いつになったら、へその緒を切断することができるんだろう?

背後でハンサムサラリーマンが立ち尽くしている。

あたしは振り向かずにずんずん歩く。

＊

十月に体育大会がある。

その日まで、体育の授業と朝運動（週に二日、朝のホームルームの前に運動をする日があるのだ。これ大嫌い）と、放課後の部活前の一時間は体育大会の練習に充てられる。

今日のロングホームルームでは各種担当決めをすることになった。

まずは応援団。いちおう立候補制ということになっているけど、事前に先輩からスカウトが入っているので、かたちばかりだ。クラスの中でも華やかな人たちが男女三人ずつ手を挙げた。

次は個人種目。ハードルとか、百メートル、八百メートルなんていう、エンタメ要素皆無の種目ばかりだ。燃えている人はほとんどおらず、個人競技は流して終わらせたいという思いが同じなので、競技時間の短い短距離走に人気が集中する。

あたしはジャンケンするのもモメるのも嫌いなので、がら空きの八百メートルに志願した。

すったもんだありながら個人競技が決まった。次には大縄跳び（嫌い。失敗すると犯人探しになるから）とか、三十人三十一脚（大嫌い。同上）とかいう団体競技の練習スケジュールを組んだ。

残る課題は、クラス対抗リレーの走順だ。

男女別なので、それぞれ分かれて話し合いをする。机を教室の端に押しやって、円を作った。

陸上部の俊足コンビをスターターとアンカーに据えることは決まったけど、そこからが長かった。

「速い人と遅い人を交互にする」か、「スターターとアンカーの両側からだんだんタイムの遅い人を配置する」かで意見が分かれた。みんな、個人種目はやる気ないくせに、クラス対抗リレーだけはちょっと本気で考えている。あたしたちは学校に来ると個人よりも「クラス」って生き物になるんだな、って少しおもしろく思う。

それぞれがまともに考えているだけに、議論は平行線をたどった。

「練習しながら走る順番決めれば」

「練習時間少ないのに、走順がころころ変わるのは良くないよ。戦略立てられない」

「だったら陸上部が走順決めちゃってよ」

「丸投げされても困るよ」

次第に空気が重くなってきた。みんなが難しい顔をして黙ってしまう。

そのとき、一人の女の子が口を開いた。

応援団に決まっている子だ。ふんわりかわいい、華やかな子。

「かわいい順にすればいいんじゃない」

みんなはキャハッと笑い声を上げた。

「それいい！」

もちろん冗談だ。彼女は固まった空気を動かそうとしたんだ。

あたしも笑ったけど、ひそかに戦慄していた。

みんなは気分転換だとでも言うように、「スターターは誰にする」なんて話している。

すると、数人の子が同時に言った。

「近藤さんでしょう！」

あたしはどんな反応もとれなくて、変な笑顔だけが張り付いていた。

声がカブったのでよけいに愉快だったんだろう。一部の子たちが大きな声で笑った。

同時ってことは、みんな同じように思っていたってことだ。あたしのいないところで、その話がされていたってことだ。

あたしの眉毛がきれいになって、滑稽だってこと。

こういうときの「かわいい」は、ブスって言われるよりきつい。

あたしの友達の「チョビ眉」も、一緒になって笑ってる。

「私は何番？」

応援団の子が、額の真ん中をツンツンと突つきながら小首を傾げた。

「あんたはアンカーだよ」

もう一人の子がおどけるように体当たりした。

「マジで、ひどい、応援団辞退する。私みたいなブスは人前に出られない」

笑い声。すっごく楽しそうな声。重苦しい空気はどっかに行っちゃった。

あたしは消えたくなる。透明人間になりたい。髪を伸ばそう。顔が全部隠れちゃうくらいに。

手入れをしない外見をとやかく言われることにはあまり傷つかなかったのに、手入れをした自分を笑われるとこんなに辛いんだ。

しばらくのあいだ、地獄のような美女ランキングが続いた。

その笑いも一段落すると、「やっぱタイムのグラデーションがV字になるように並べればいいんじゃない」というツルの一声により、あっさり結論が出た。アンカーの子が「多少遅れても私がフォローするよ」と言ったからだった。

あたしは第五走者に決まった。もちろんスポーツテストのタイム順であって、かわいい順ではない。

あたしの目は、中鉢を探していた。

中鉢がそばにいたなら、ここまでみじめにはならなかっただろう。彼の前ではあたしはあたしでいたいって気概が、自信をとどめてくれただろう。

中鉢はリレーが「男女別」というところからゴネたかもしれない。走順どころじゃなくなっていたかもしれない。

そうでなくても、あたしが「美女」だと言われたのを聞きつけて、

「きみがいちばんきれいだよ」

なんて応援団の子を黙らせてくれたかもしれない。

あの姿はどこにもない。

*

保健室の竹茂先生は、子どもの健康についてたくさん勉強している。

先生に対して「たくさん勉強」なんて生意気かもしれないけど、体育の鈴木先生の無邪気さを思えば、そう言いたくもなる。

中鉢がカミングアウトしたときも、竹茂先生が授業をやってくれればまだ良かったんじゃないかな。そのへん、先生たちの連携はよくわからない。

竹茂先生は個人的にもいろんな取り組みをしていて、子どものためのシェルターを運営

する団体とも繋がっていた。家にいられない子を預かる場所だ。

中鉢はいま、そこにいる。

駆け込み寺の名の通り、お寺が運営しているところがあるらしい。

中鉢の両親と先生たちがどんなふうに話をつけたのかはわからないけど、彼は一時的に家を離れることになった。といっても長くて一ヶ月くらいのことらしい。できるのは「ほとぼりを冷ます」程度のことなのかもしれない。

だけど、助けを求めれば、方法はあるんだ。

「ここにいる」って声を上げることができれば、なにかが変わる。あたしたちの知らないシステムが、身近に構築されている。うずくまって耳をふさいでいたら、決して知ることのできないシステムが。

「以前勤めていた学校の生徒にね」

先生は、机の引き出しから封筒を出した。灰色の古い椅子が、キイッと音を立てる。

「家庭内で暴力を受けていた子がいたの。その子は黙って耐えていた。瀕死《ひんし》の重傷を受けて入院するまで、周りは動くことができなかった。みんな、『なにかおかしい』とは思っていたのに……」

放課後の保健室には、あたしと竹茂先生しかいない。

「骨の一つも折らなきゃ助けてもらえないんですね」

あたしの声はうつろに伸びた。

竹茂先生は、まるで自分が誰かを傷つけてしまったかのように眉をひそめた。

「近藤さん。中鉢さんが突然坊主頭になったのも」

中鉢の名誉のためにも黙っていると、先生は納得したように「そうね」と言った。

「その時点で話を聞くべきだった」

「中鉢は先生に聞かれても答えなかったと思います」

「それでも、あらぬ扱いを受けていることを申告制にしちゃいけないのよ」

「あらぬ扱い」

あたしはホウッと息をついた。いつか使おう。

開け放たれた窓からは、ほんのり甘い秋風と、部活のかけ声が入ってくる。

カーテンの白さに照らされた机の上で、封筒が光っていた。

シェルターの所在地は非公開なので、外部との連絡にも制限があるんだろう。竹茂先生経由であたしのところにやってきた。封筒には、「近藤薫子様」とだけ書いてある。便せんが何枚入っているんだろう。分厚かった。

「近藤さん」

竹茂先生はいたずらするカーテンをおさえ、微笑んだ。

「中鉢さんを保健室に連れてきてくれて、ほんとうにありがとう」

耳の奥で、ぷつんって音がした。膝が震え出した。なにが起きたのかわからなかった。

口がこわばり、肩が痙攣《けいれん》する。

涙がぼろぼろこぼれていた。持っていた封筒を濡らしたくなくて、腕で目をおさえた。

男泣きみたいな格好になってしまった。

「ち、中鉢は」

「ええ」

「中鉢ばかりが、どうして」

先生は立ち上がって、あたしの背中をさすった。先生の手はとってもあったかかった。

まるで浮き輪みたいに、あたしが涙に溺れるのを防いでくれた。

ひいじいちゃんの家で中鉢が泣いたとき、あたしは彼に触《ふ》れなかった。あれもきっと間違いではなかったけど、この先、誰かが泣くのに出会ったときには、一度は触れる勇気を持とう。

「戦っているのは中鉢さんだけではないでしょう」

先生は机からティッシュを取る。あたしは鼻をかむ。

「ね、近藤さん」

先生はいたずらっぽく笑うと、あたしの手からびしゃびしゃのティッシュを取った。

「あなたは大人よりも誰よりも、すごいことをしたのよ」

ティッシュは鼻水まみれなのに、先生は指でしっかりつまんでいた。すごいなあって思った。

「先生」

「なあに」

「先生はどうして、あたしたちの力になってくれるんですか」

教師だから当然だなんて思えなかった。

あたしたち、先生が過酷な労働をしているってわかってる。

それが「子どもらしくない」見方だということもわかってる。

あたしたちは「子ども」という役をまっとうできるくらいには台本が見えている。台本を読む役者は、役柄を包括している。

先生たちは、学校にオシゴトしに来ている。とっくにお給料以上のことをやっている。なのに竹茂先生は、さらにあたしたちに寄り添ってくれる。

不思議だった。それとも、不思議だと思ってしまうのは、あたしの心がすでに壊死しているからだろうか。

そういえば、お父さんとお母さんが一晩中捜してくれたときも、当然って思えなかったな。

なんでだろう。大切にしてもらうためには価値とか努力とか修行とかが必要だとでも思っているんだろうか。あたしはぜんぜんがんばってないから、大切にしてもらえるわけない、って。なのに突然、力になってくれたり、必死になってくれたりする人が現れるから、びっくりするのかもしれない。

あたしたちは、守られていいのでしょうか？

「中鉢さんがセーラー服で登校したのを見たときね」

竹茂先生は、なにかを思い出したかのようにくすりと笑った。

「『わーお！』って叫んでいたの。外国映画の人みたいに体をのけぞらせて。自分がこんなふうになるなんて、びっくりしちゃった。ほんとうに驚いたときって、自分の知らない自分が出てくるのね。『これまでの人生で、ほんとうに驚いたことなんてそれほどなかったのかもしれない』って思ったの。中鉢さんは、その姿と行動で、先生の新しい部分を引っ張り出してくれた。先生の中に、オーバーリアクションをする人がいる、ってね。先生は、自分の『わーお！』って発見が嬉しかった。近藤さんも働くようになったらわかると思うけど、長年同じ仕事をしていると慣れが辛くなってくるの。毎日は同じことの繰り返し。その慣れを突き破って新しい自分が見えるのってほんとうに嬉しいことなの。大げさじゃなくて、目が覚めたみたいになる。すごいことなのよ」

理由にはなってないけど、言いたいことはわかった。「『どうして力になってくれるの』なんて、気にしなくていいのよ」ってこと。あたしの耳には「どうして気にしなくていいの」って問いが聞こえているけど、チェーンの外れた自転車みたいに進めなくなりそうだから、口にするのはやめた。

先生は片頬を上げた。

「だからね。先生とあなたたちは、持ちつ持たれつなの」

ヒロイズムの笑顔。押しつけられてるわけじゃないから、嫌じゃなかった。先生はすぐに顔を曇らせてしまったけれど。

「先生が、中鉢さんの現状を知ることができたのは、近藤さんのおかげ。あなたが保健室に連れてきてくれたから。次は、先生ががんばる番。中鉢さんの力になるわ。誰かを痛めつける権利は、誰にもないのだから」

あたしの中でなにかがピコンと芽を出した。

先生が暴力に怒りを覚えることは頼もしくもあったけど、置き去りにされたような不安も覚えた。

先生はさっき「持ちつ持たれつ」だと言ったばかりなのに、責任が大人にばかりあるような言い方をしたからだ。

「あたしたちを痛めつける権利は誰にもない」

あたしは先生の言葉を復唱した。先生が頷く前に制する。

「あたしたちが、その権利を与えない限りは」

表情が抜け落ちていたと思う。

「痛めつけられることをあたしたちが許可しているときがあります」

先生は得体の知れないものを見たかのように体を引いた。未知のものに遭遇したときの本能的な嫌悪は、防衛力の一側面だ。咎められるものではない。

あたしの目から涙の気配は去っていた。

考えなきゃいけないことが、ある。

お腹がぽかぽかしている。

「そうされるのが当然だって思っているときがあります」

ああ、そうか。あたしは、痛めつけられることだったら、すんなり「当然」って思えるのか。守ってもらうことよりも。

「近藤さん」

先生が目を見開いたので、あたしは首を振った。

「あたしは親に殴られてはいません。だけど」

寿命は縮んでいる。日々こつこつと細胞をつぶされている。

そこには、あたしにも責任がある。

責任は、「責め」ではない。あたしがあたし以外のモノに翻弄される謂《い》われはない、という自信を持つことだ。自分を守るための盾だ。

「あたしたち自ら、誰かに暴力の権利を与えているときがあります」

それこそ、あたしたちが「あらぬ扱い」を拒否できない理由だ。

「暴力の権利」の付与は、罪の意識から来ているからだ。

たとえばあたし、無力という罪を背負っている。

お父さんとお母さんを仲良くさせることさえできないんだもの。

あたしが鎹《かすがい》としての役目を果たせていれば、お母さんが弁当作りに執着することなんてなかった。あたしが二人のオキニイリになれたなら、ケンカなんか忘れてしまうはずだった。

むちゃくちゃなロジックだ。強引に罪を作り出している。

仕方ない。あの家で暮らしている限り、あたしもあの戦争になんらかのかたちで関わることになる。体育大会のクラス対抗リレーだけはみんな無関心でいられなかったように、集団に属している限りはどれだけ耳をふさいでいたって無関係ではいられない。

あたしはいつしか、家の中に満ちた戦争に、「罪」というかたちで参加していた。

罪は、自分一人で持っていても仕方がない。罰によって初めて受理される。集団参加の証となる。あたしは「近藤薫子を罰する権利」を空気に放出する。暴力という生き物が、それを使ってくれるのを待つ。

そうか、あたしはちょっと間違っていたな。あたしたちは誰かに暴力の権利を与えているんじゃない。正しくは、「罰する権利」だ。

あたしたちを「罰する権利」を暴力に与えることで、集団に参加しようとしていたんだ。

中鉢はどうだろう。

彼はたぶん、自己中という、罪。

「自己中」が正しい言葉だとは思っていない。

彼が、そう思っている。自分勝手なことをしていると。さらにいえば、強欲であると。

男でも女でもいたいなんて。

中鉢がオトコノコで居続ければ中鉢家はヘイワだったのかもしれない。彼が自分の真実を生きようとしたことでお父さんは混乱した。家中がめちゃめちゃになった。

中鉢が正直になればなるほど、周りは傷ついていく。

「先生。あたしたちは安全に暮らしてもいいのですか」

先生の丸い顔が止まる。「無謀な質問」は、学校の生徒がいちばんやっちゃいけないことだった。忘れてた。

あたしは、先生を使って自分の問いを見つめ直そうとしていた。「罰する権利」の放出を止めるためには、まず「罪」を手放さなきゃいけないから。

手放そうとしたとたん、恐怖が生まれる。

一人ぼっちになるかもしれないって恐怖が。

あたしたちは「罪」を集団参加のチケットにしてきたから。それを当然として生きてきたから。

「罪」を手放しても、あたしたちはここにいていいの？

「あたしたちは、助けを求めていいのですか。あたしたちは、自分の命を最優先に考えていいのですか」

先生の目に、迷いが見えた。なんて正直なひとだろう。頷くのをためらっているのは、あたしの質問を現実的な問題として考えてくれているからだ。

先生はあたしを事務椅子に座らせ、自分は隣にあった丸椅子を持ってきて腰掛けた。

「もちろんよ」

両手が膝の上で揃えられていくのを、あたしは目で追っていた。

「なにをおいても？」

「ええ」

「学校の勉強よりも大切なことですか？」

「そうね」

「学校が辛かったら逃げていいんですか。家が辛かったら家出していいんですか。そのせいで高校に行けなくなっても？　帰る場所を失っても？　なにがなんでも生き抜いたらその先、ちゃんと幸せが待っていますか？」

先生の顔がこわばっていく。ちょっと意地悪だったかもしれない。

言い切るのって、勇気がいるもの。

あたしが先生の頷きを担保にして、学校をドロップアウトしたり、家に帰らなくなったりしたら……って、先生は思っている。

まじめなんだな。竹茂先生は信じられる。

そう思うこと自体が異常なんだということに、このときのあたしは気づいていなかった。

いつもだったら「バカにすんな」って思ったもの。

あなたの優しい言葉を、力強い頷きを、あたしは利用したりしない、って。

このときすでに、あたしの体は限界を迎えていたんだ。

「中鉢は、いまいる場所の滞在期限が切れたらどうなるんですか。また家に戻るんですか」

「期限が来る前に、シェルター側と話し合うことになるわ。本人の希望や家の状態を見て、最良の選択を考えるのよ。施設に移るかもしれない。お家に戻るかもしれない」

「中鉢のお父さんは、たった一ヶ月でなにか変わるんでしょうか」

正直な竹茂先生は、言葉に詰まった。

「あたし、暴力の根っこは土の深くにまで伸びていると思うんです」

体内気圧が変化しているんだろうか。耳が詰まる。全身が粘土になったみたいだ。

竹茂先生の顔に警戒が走ったのも、靄《もや》の中から見ているみたいだった。

目玉が動かない。口だけが別の生き物みたいだ。

「暴力の根のようなものが張っています。校内清掃で草取りするときに似ています。根ごと抜かないと草はまた生えてきます。古い草ほど抜きにくいです。そんな根ほど、土と深くからみ合っています。抜いたときには土台から壊れてしまいます。暴力はあたしたちの暮らしている土の構成要素なのです。取り除こうとすると、生活から壊れてしまうのです。酸素と同じように『あるものはある』のです。中鉢のことについても『解決』ってなんなのでしょう。彼の父親の謝罪を求めているわけではありませんよね。抱き合って和解なんて」

喉がヒュッと鳴った。口調が変わるのがわかる。まるでいろんな「あたし」が入れ替わり立ち替わり表舞台に出てきているみたい。

「だって暴力は消せないもの！　この世界は暴力が作ったんだもの！　暴力が消えたらあたしたちも消えちゃうわ！」

叫ぶあたしを、内側のあたしが静かに見ていた。おでこが汗を吹いている。

誰が殴るのも、殴られるのも、傷つくのも嫌だ。

ほんとにほんとに、嫌で仕方がないのだ。この先もこんなものばかり見なきゃいけないのかと思ったら、骨が溶けそうだ。暗い道を歩むとわかっていながら、生きていける自信がない。

「先生、あたしはどうして、こんなに、力がないんですか」

先生につかみかかって、太い腕を揺すぶっていた。

中鉢の手紙が皺になっていく。

「あたしはどうすればいいんですか」

教えてくださいい教えてください。口が壊れた。教えてくださいい教えてくださいい教えてください教えてください。

「近藤さん」

竹茂先生はあたしの腕をゆっくりつかんで、椅子に座らせた。

息がうまく吸えなくて、何度もむせた。身をよじり、脚をばたつかせていた。先生に噛み付いたかもしれない。お腹が発火しそうだ。

「教えてください」

あたしは自分を抱きしめ、頭を激しく揺らした。

竹茂先生はあたしを抱きしめ、背中を撫でた。

「近藤さんはみんなのことが好きなのね」

穏やかな声がむかついた。

「うるせえ！」

立ち上がろうとするのを、先生におさえられる。

「バカみたい！　わかってる！　なんでこんなふうに思うのか！」

金切り声を上げていた。自分がおさえられなかった。わあ、気が狂ってる。内側のあたしはあたしを他人事のように見ていた。

あたしは、自分の力でなにかを変えられると思っているんだろうか。

そうやって調子こいてるのに、実際にはなにもできないから、苛立っているんだろうか。自己評価に実力が伴わないからだだをこねているんだろうか。

「近藤さん」

竹茂先生は、太い腕そのものの力であたしを抱きしめていた。

「中鉢さんが言っていたのよ」

背中をとんとんと叩かれる。制服が汗で張り付いている。

「薫子ちゃんはスーパーガールなんです、って」

その言葉は、消火器みたいにあたしの動きを止めた。

あたしは剥製《はくせい》みたいに静止していた。竹茂先生は、あたしの呼吸がゆっくりになったのを確かめて、肩に手を置き、上半身を起こして、椅子の背にもたれさせた。冷蔵庫からお茶を出して、コップに注ぎ、差し出す。

右手で受け取った。左手の封筒は涙と汗でぐちゃぐちゃになっていた。

「ゆっくり飲んで」

麦茶かと思ったら、甘いアイスティだった。

「近藤さんはちょっと間違っているみたいね」

まるで小さな蛇が泳ぎ進んでいくかのように、甘みが喉を通る。冷たさが、体を縦に落ちていく。

「あなたが無力だと思っても、中鉢さんはあなたに救われたと言っているんだから」

あまり思い詰めないでとか、自分を責めたらだめよとか、明日も保健室にいらっしゃいとか、竹茂先生が言ってくれていたけど、水の中から聞いているみたいだった。

それでも冷たい飲み物は、あたしの中に少しずつ恥ずかしさを蘇らせてくれた。竹茂先生の顔が見られなくなった。ああ、あたしが戻ってきた。

「帰ります」

ふらりと立ち上がって、コップを先生に渡した。

「ベッドで休んでいきなさい」

「へいきです」

あたしはスカートの裾を払い、床に置いていたカバンを持った。

「叫んだら、すっきりしました」

嘘をついた。

帰り道に歩道橋から飛び降りてしまおうと思っていた。

8

拝啓
秋暑《しゅうしょ》の候、ますますご健勝のこととお慶び申し上げます。

どう？　大人っぽい？　ちゃんとした手紙は頭に「拝啓」って書いて、時候のあいさつもつけるんだって。いきなり「げんき～」なんて書いたらいけないんだよ。でも書いちゃうよ。

薫子ちゃん、げんき～？

僕は元気です。

手紙を書くのって初めてかもしれない。きみのことを話したら奥さんが便せんと封筒をくれました。

僕の字ってくせがあるね。手紙書くまで気づかなかった。勉強ノートに書く字と手紙の字って違って見える。手紙のほうがくせが気になる。これを書き終えたら、住職さんに頼んで習字をさせてもらおうと思っています。

手紙って、思いつくことをそのまま書くから、話題がぴしっとしないかもしれない。下書きもしないんだもんね。

ごめんね、読みづらいかもしれない。


まずはじめに、きみに謝らなきゃ。

僕はきみに乱暴してしまった。保健室で、きみを床に叩きつけた。

ほんとうにごめんなさい。

きみは僕を止めようとしてくれたのに。

こんなの書くのもいやだけど、あの時、僕はきみを邪魔者だと思った。

僕は、親から殴られているって事実を隠したくて必死だった。秘密を明らかにしようとするきみは、あの時の僕にとっておそろしい邪魔者だったんだ。

気づいたときには、力いっぱいきみを投げ飛ばしていた。

都合のいい想像かもしれないけど、きみは「そんなの気にするな」って言ってくれるかもしれない。殴ったわけでもないのにそこまで考えるなって。たぶん僕、とっさにきみを殴ったりしてたら、その場で窓から飛び降りたよ。保健室は一階だから死なないか。屋上まで駆け上がって、飛び降りてた。

自分の目的を妨げるからといって力まかせに排除したり、思い通りに従わせようとすることは、正真正銘の暴力です。理不尽で、不公平で、好きなひとにすることでは絶対にありません。

わかっていたはずなのに、僕は、それをきみにしてしまったんだ。

「僕も必死だった」なんて理由のかけらにもならない。父親を見ていてよくわかる。ひとは意思で暴力を使える。僕もあのとき、自分で暴力を選んだんだ。

僕の心が何者であれ、体は男なんだね。筋肉の量や骨格が、女性のきみよりパワーが出るように作られている。あんなに簡単にきみを投げられたことに驚いた。だけど僕は頭のどこかでは知っていたんだ。力できみに勝てること。

長年の教育のたまもので、僕の芯に暴力が染みついているのかと思ったら、やっぱり体ごと消えるのがいちばんいいような気がしてきます。

だけど自分で死ぬのは最後の手段かなとも思っています。

最後の解決法があるって思うと、ほかの方法を試す勇気も出るみたい。あ、死ぬ方法じゃなくて生きるための方法ね。

そりゃ死ねば暴力の連鎖も終わるんだけど、僕はもう少し、薫子ちゃんと話がしたいから。

この歩道橋からは、桜並木がよく見える。毎年春には、道路の両脇にピンク色の雲が降りたようになる。いまは、薄手のコートを着たように紅葉していた。

あたしは歩道橋の柵に上半身をぺったり押し付け、手紙を読んでいた。

カバンは足元に置いてある。柵をよじのぼりやすいように、靴と靴下は脱いで脇に寄せていた。

学校を出てから、なにかに手を引かれるかのようにここに来た。安らかで大きな黒い穴に招かれているのがわかった。柵の向こう側、地面が途切れた先に、優しい場所が開かれている。

すぐに飛び降りなかったのは、カバンの中に手紙があったからだ。

死んだら視力もなくなるんだよな。

手紙、なにが書いてあるのかな。

あたしは死の手招きを横目で見ながら手紙を開いたのだった。

僕はもう少し、薫子ちゃんと話がしたいから。

この一文を読んだとき、小学生のときにやったクレヨンスクラッチを思い出した。

画用紙をいろんな色のクレヨンで鮮やかに塗りつぶした上に、黒を塗り重ねる。そこを爪楊枝《つまようじ》で引っ掻くと、虹色の線が現れる。

真っ黒だったあたしの中に、ひとすじだけ現れた虹色の線。

柵に身を寄せたまま、便せんに書かれた文字を追う。


ここは静かです。

住職さんも、奥さんも、優しいです。

僕のほかに、滞在している人が三人います。

高校生の女の人が一人と、高校に行ってないけど十代の女の人が一人と、歳は聞いていないけど若い男の人が一人です。部屋は個室で、ちゃんと鍵がかかります。

滞在している人たちもみんな優しいです。僕らは畑仕事をしたり、近所の森を散歩したり、お寺の掃除を手伝ったりしています。

近くに住む人たちが、野菜や料理を持って来てくれることもあります。このあいだはソバを打たせてくれました。まるで近所のひとたちみんなが僕らを食べさせてくれるようです。お金ももらっていないのに。こんなことがあるんだなって不思議な気持ちです。僕らを世話して、あの人たちになんの得があるんだろう？　って考えている自分がいて、ゾッとします。

僕らはたくさん話します。冗談も言います。ふざけます。

わざわざこんなことを書いたのは、修行僧みたいに静じゃくの中にいると思われたら嫌だからです。楽しくやってるんだよ。

勉強もしていますが、教科書を読むだけではなかなか進みません。授業って大事だったんだね。一人で勉強するときは、主に復習をしています。夕方になると、ボランティアの家庭教師が来てくれます。大学生の男の人です。この人に、新しい単元を教えてもらっています。毎日ってわけじゃないし、全教科はとてもできないけど、少しずつでも進めていけることがありがたいです。

勉強の合間に、僕自身の心と体のことについても調べています。僕みたいに、心と体の性別に違和感がある人がどんなふうに生きているのかとか、法律とか社会の仕組みとか。不便なことが多いなあって感じだけど、変わってきていることもあるんだと知ると、がっかりするのも早いのかな？　とも思う。やじろべえみたいに揺れています。

ひとつ、確実に明るい気持ちになれる情報を見つけました。オーストラリアとか一部の国には、性別を書かなくていいパスポートがあるんだそうです。性別欄に「X（エックス）」って書かれたパスポート。男か女か決めなくてもいい場所があるんだ。いつか日本もそうなるかも。

勉強って大事だね。知らないことを教えてくれる。息苦しい空気にちょっとだけ穴を開けてくれる。学校にいるあいだに気づけたらよかったな。

履歴書にも、病院の問診票にも、ちょっとしたアンケート用紙にも、性別記入欄がある。高校受験の願書にもあるのだろうか。そういった書類のうち何割くらいが、性別を決めなければ記入不備と見なすのだろう。

性別記入欄は中鉢にとって、未来の扉の前に立つ門番だ。あたしは門番を説得する言葉をいまだに見つけることができない。

「Xって記されたパスポート」

小さな風穴が開く。教えてくれてありがとう、中鉢。

あたし、「門番」って言葉が気に入ってただ使いたかっただけのような気がしてきた。

出口がないと思えた世界に割れ目ができる。


滞在者のひとはみんな楽しくて、ノリもいいですが、なんとなく学校のみんなとは違う気がします。りんかくがふわりとしているように見えます。まるで水彩画のようです。この人たちといると、僕はいままでなんて大声で話していたんだろうと思います。

もしかしたら、僕らの学校にも、水彩画みたいな人はいるのかもしれません。「もしかしたら」としか言えないのは、学校にいるあいだ、僕はその存在に気づいたことがないからです。その人たちはものすごくがんばって自分の姿をくっきり彩っているに違いありません。自家発電機を二十四時間フルに動かしているみたいな。

これから生きていく中でも、水彩画の人をたくさん見つけることになるだろうと思います。見つけても近づかないかもしれないけど、いままでとはちょっと違う見方ができるかもしれません。少なくとも誰彼かまわず大声で話すことはなくなると思います。

滞在者のひとたちがここにいる理由は、ぽつぽつと聞いています。こんなことが現実にあるのだろうかって経験を、静かに話してくれます。涙ぐむことさえありません。

僕が話すのはこんな感じ。


小さい頃から自分の体が不思議だった。二つ上のお姉ちゃんとは体のかたちが違っていたから。体以外は、お姉ちゃんと同じだったのに。性格は違うけど。

体のかたちの違いで、着るものや、持ち物の色や、買ってもらえるおもちゃの種類が違うことが、さっぱりわからなかった。

僕とお姉ちゃんがどうして区別されなきゃいけないのか、わからなかった。

五歳くらいのときかな。お姉ちゃんの新しいスカートがすごくすてきだったから、はいてみたくなったんだ。お姉ちゃんはかわいいってほめてくれた。それを見たお母さんからサッと血の気が引いた。ほんとに音が聞こえるみたいに、真っ青になった。いま思えば、僕がオンナノコっぽいって、両親はなんとなく疑っていたんだろうね。僕がスカートをはいたとき、母の中で確信に変わったんだろう。恐怖って名の確信に。

母は父に報告した。僕はビンタされて、庭の石にしばられた。「ボクハオトコノコデス」って何度も言わされた。雪が降っていたのを覚えてる。

父にとってあれは、矯正だった。庭の石は、矯正器具。僕は何度殴られても、矯正することはできなかった。痛い思いをしているときは、もうぜったいぜったいぜったいオトコノコでいようって誓うのに。

僕はオトコノコだけど、オトコノコだけではないから。僕の一部だけを生かしてほかを殺すなんて、器用なことはできなかった。

父は僕を厳しく監視した。自分が仕事に出ているときは、母に監視させた。母は、僕にちょっとでもオンナノコっぽい仕草が出たときとか、言葉づかいとか、お姉ちゃんのおもちゃに触ったことをすべて記録していて、その夜に父に報告するんだ。

僕はその日のオンナノコ度によって、様々な矯正を受けるわけ。

学校にいる時間は、監視がないから好きだったな。ぱっきりとオトコノコとして扱われるっていう別のつらさはあったけど。

矯正にはいろいろあった。さるぐつわを噛まされたり、逆さにつるされたり、何時間も正座させられたこともあった。いちばん多かったのは、風呂水に顔を押しつけられることだったかな。

父は冷静かつ巧妙だったから、怒り任せにやっていたわけではないんだね。あれは父にとってのしつけだったんだと思うよ。

しつけ。やっぱりマヌケな響きだ。

この軽やかな言葉は、秘め事をはらんだ壺《つぼ》のようなものだ。もしくは、秘め事を誘い込むラフレシア。それが口を開けたとき、出てくるのは鬼か蛇《じゃ》か。

あたしはマヌケって言いながらバカにしたような体《てい》を作って、その言葉から距離を置こうとしていたのかもしれない。

そこに潜んでいるものを本能的に察知していたから。「しつけ」について考え始めたら、自分や自分の大切な友達が、秘め事の当事者であることにうっかり気づいてしまうかもしれないから。

「虐待」と「教育」も半円のかたちをしていて、境目を溶け合わせて円を作っているのだとしたら、あたしたちにはなすすべがない。

定規で線を引けるのなら、一刻も早くそうしてほしい。なのに、誰に頼めばいいのか、わからない。

それでも、あたしはもう、まぶたを降ろすわけにはいかない。

父は、僕の顔や腕を決して殴らなかった。夏場は特に、肌にあとが残るようなことはしなかった。まあ水に顔を押しつけられたって、アザくらいできるんだけどね。一晩中「男」って文字を書かせるとかいうユニークなごう問もあった。あ、ゴーモンって言っちゃった。

滞在者のみんなは静かに聞いてくれました。僕がゴーモンって言っちゃったテヘッて笑ったときは、みんなも「笑っちゃいけないけど笑っちゃう」みたいな感じでニヤッとしてくれました。

僕がお化粧に興味があるって言ったら、高校生の女の人がメイクをしてくれました。その人は長身なので、服も貸してくれました。住職さんは僕を見て、「なんとまあ」と言いました。むりやりほめるわけでもなく、嫌な顔をするわけでもなく、「なんとまあ」と言って腰をちょっと反らせたかんじが、僕はとても嬉しかったのです。

そのとき、すごい発見をしました。

女の人のかっこうをしたとき、僕は自分のことを「わたし」って呼んでいました。勝手にそうなっていました。身なりで気持ちって変わるんだね。僕の外見は僕の中身から決めなきゃいけないって思っていたけど、逆のときもあるんだね。

あ、セーラー服を着たときも「わたし」って言っていたっけか。

あのときは必死だったから、実はあまり記憶がないんだ。

飯能に行ったとき、薫子ちゃんが「どっちかに決める必要なんてないじゃん。日替わりでいいじゃん」って言ってくれたよね。どっちかに決める必要がないって思えたからこそ、女の人のかっこうが楽しめたんだ。僕が何者かであるとすれば、外側と内側のミックスだよ。僕はパンケーキなんだ。「外」って粉と、「内」って卵からできているんだ。プレーンのときもあればココア味のときもある。

うーん、なんだかわかりづらいたとえしか書けないな。

へたくそ！　って薫子ちゃんが言ってる気がする。僕も、本を読まなきゃね。


あたしは座り込んでいた。裸足で、地べたに尻をつけて、なにかを読み込んでいる女子中学生。通行人が怪訝《けげん》そうに通り過ぎていく。

どっちかに決める必要なんてないじゃん。日替わりでいいじゃん。中鉢にそう言ったのは、恥ずかしさのせいだった。

中鉢は天使なんだから両性具有なんだよ。なんて、うまいことを言った気でいた自分のサムさをどうにかしたかったからだ。男も女も関係ないなんてロックな生き方を中鉢に求めておいて、それがどういうことなのか気づきもしなかった。

なのに中鉢は、あの言葉を手がかりに、新しい気持ちを探り当てていた。僕はパンケーキだ、だって。

「へたくそ」

自分の姿を楽しめる中鉢は、ほんとうにすごい。

住職さんに「なんとまあ」と言わせた姿を思い描いて、ほれぼれした。


クラスのみんなに告白したときも、もう少し静かにやればよかったと思います。いま思い出すと、ちょっと恥ずかしいです。

僕は、自由になりたかった。男という性に閉じ込めようとする力に対抗するには、既成事実をつくるしかなかった。だから、みんなの前で言ったんです。

いろんな方向からの力に圧されすぎて、本当の自分なんてよくわからなくなっていた。

時々息ができないくらいに苦しくなるのは、その自分からのSOSなんだってこともわかっていた。僕は、それを救い出して、抱きしめなきゃいけなかったんだ。

僕のような人が全員、カミングアウトすべきだとは思っていません。

心には、誰にも踏み込ませてはいけない場所があります。さらしてはいけない場所があります。

心には、柔らかな毛布をかけて、眠らせてあげなきゃいけない時期があります。

ただ、僕の身近には、肉体的に虐げてくる人がいた。僕は、僕の命を守るために、心に協力してもらったんだと思う。決してスマートなやり方ではなかったけど、僕の脳みそでは、こうするほかにわかりませんでした。

初めて庭石に縛られた日から、僕はなぜだか十四歳になったら自由になれるんだと思っていました。十四歳が主人公の絵本でも読んでいたのかもしれません。その歳になったら大人になれるんだと思っていました。

クラスのみんなに告白した日は、僕の誕生日でした。

僕は薫子ちゃんになにも言わずにシェルターに行ったから、びっくりさせちゃったよね。

保健室で背中の傷を見られたあの日。きみを投げ飛ばしてしまったあとのことを、僕は一生忘れないと思います。

床に叩きつけられたきみは、黙ってむっくり立ち上がると保健室を出ていきました。おしまいだ。僕は思いました。薫子ちゃんを傷つけてしまった。取り返しのつかないことをした。かけがえのない友達を失った。

自分の腕や脚、筋肉や骨、呼吸や鼓動、きみを投げ飛ばした動きに関わったすべてが憎かった。こんなものはさっさと消すべしと思いました。僕に染み付いている暴力は、僕自身を破壊するタイミングを窺っていたのですから。

いまならいいよ。僕は心の中で暴力に伝えました。好きにするといい。

同時に、保健室のドアが開きました。きみはきれいな眉をいからせ、口をきゅっと結んでドアに手をついていました。走って戻ってきたのか、息は荒くて顔は真っ赤でした。

きみは勇ましく踏み込んでくると、本屋さんのロゴが入った紙袋を僕の胸に押し付けました。

「ちっとも痛くない！　へいき！」

強い声とは反対に、きみの目は薄氷の張った冬の池みたいでした。澄んだ冷たさが、僕の憎悪の炎を消してくれました。

「教室で待ってる！」

きみはまた勇ましく保健室を出ていきました。

「あ、でも急がなくていいから!」

振り向きざま、きみは腕を前に突き出して「ストップ」の仕草をしました。

紙袋の中には、夏物のセーラー服が入っていました。きみのセーラー服。

僕の手は震えていました。目をそらしちゃいけない。僕自身の大きな声が聞こえました。

ここから目をそらしちゃいけない。僕が死んだって暴力は死なないんだ。

僕の細胞には暴力の楽譜が書き込まれていて、簡単に演奏できてしまう。生きても死んでも永遠の付き合いだ。だったら生きる。体のあちこちにある楽譜を見つけて見つめて、美術館のガラスケースに入れるように丁寧に保存してやる。一生かかってでもやってやる。

僕は決意しました。

教室に戻れなくてごめん。

決意したからには一秒でも早く、暴力の供給を止めなければいけなかったのです。

僕は竹茂先生に聞きました。家を出る方法はありますかって聞きました。

僕は以前から、「父と離れる」ってことを試してみたかったんです。空間的な距離があれば、父と僕はふれあうこともないから。まるで自分を使って実験しているみたいでした。

僕は父に「家を出たい」と言ったせいで背中を腫れ上がらせたわけですが、保健室には竹茂先生しかいないのだから殴られることもありません。もっと早くに家の外で話をすればよかった。家の居間なんていちばん秘密が密閉される場所なんだから。

先生はシェルターを運営する団体に連絡を取ってくれました。その日のうちに専門の弁護士さんと面接しました。結果だけ言うと、僕は着のみ着のままでそこに行ったのです。最低限必要なものはシェルターに用意がありました。僕のことを考えてくれる大人がいることに驚きました。鍵のかかる部屋で、僕は安心して眠ることができました。

いまのこの状況は、自分で選んだことです。

だけど、ここだけの話。実はちょっとだけ、寂しいです。

決して居心地のいい家ではなかったのに、においとか、気配とか、母の料理とか、恋しいです。ここの人はみんな優しいし、ごはんもおいしいのに、なにかが足りません。

僕が「高校には行かずに家を出る」と言ったとき、父にひどく殴られたのも、あの人の寂しさから来たものだったのかもしれません。第一には親戚とか近所から批判や噂《うわさ》されるのを恐れて、僕の考えを変えさせようとしたのでしょうけど、家族がバラバラになるのを食い止めようとしたというのもあるのかもしれません。

「殴れば相手を思い通りにできる」という考えはどうしても変えられないようでしたが。

その考えは、たしかに正しいです。この手紙を書きながら気づきました。

僕はとうに父の身長を超えていた。力もあった。抵抗しようと思えばたぶん勝てた。二度と僕に触れるなってすごむこともできた。だけどその発想がなかった。十年近く殴られるというのは「お父さんに勝てるわけがない」って思い込まされることでもあったんだ。

僕には意味不明なしぶとさ（図太さ？）もあったから、こうやって逃げられたんだけど。

実は父も、幼い頃から暴力によって服従を強いられてきた人です。祖父が「教育法」を自慢げに話していたので、僕も知っているのです。お正月とかに、親戚が集まっている前で、あのじいさんは自分がどれだけ太き強き良き父親であったかを語るのです。そのとき引き合いに出すのは、自分の息子の体に加えた暴力にまつわるエピソードなのです。

みんなの前で語られるだけでもたまらない。殴られていたことなんて、誰にも知られたくない。父がどんな思いで生きてきたか、よくわかります。

父が、自分の過去を理由にして、「章雄を殴るのは仕方ない」と自分をなぐさめていることにも気づいていました。

だけど僕は、過去はただの情報であって、いまこのときからどんなふうにでも変われると信じています。

父と僕はもとからわかり合えない関係だったんでしょう。僕は厳しすぎるでしょうか。ともかく、母や姉も、父と適切な距離を保てるようにと願います。実は姉のことは心配してないんだ。破天荒なあの人をいつか紹介するね。きっと気が合うと思う。


中鉢にセーラー服を譲ったお姉さん。どんな人なのかなって思ってた。いつか話せたらいいな。

「いつか……」

あたしはこの先も、生きるつもりでいるらしい。

突然ピントが合ったかのように景色がくっきり見えた。なんであたし裸足になっているんだろ。歩道橋の隅で一人裸足になっているセーラー服の少女。青春映画のワンシーンみたいで、猛烈に恥ずかしくなった。慌てて靴下と靴をはく。立ち上がり、柵にもたれて、桜を眺めるふりをした。中途半端に紅葉していて、見どころもなにもない桜だけど。

あたしが飛び降りようとしていたことなんて誰も知らず、歩道橋の下を車がビュンビュン通っている。

そういえば、飯能から朝帰りした日、お父さんの車に乗ってこの道を通ったんだっけ。

「あたし、ちゃんと説明してないな」

あたしと中鉢が飯能に行った理由。お父さんはあたしが夫婦の争いに辟易《へきえき》したとだけ思っている。中鉢のことがどう見えていたのかわからないけど、体の関係を疑うくらいなのだから、いい印象は持っていないに違いない。

中鉢が誤解されているのは嫌だった。こんなに必死に、生きることに手を伸ばそうとしている人がいることを、黙っていたくなかった。

中鉢は背中の傷を隠そうとしていた。父親から殴られていることを、誰にも知られたくないって思っていた。

だけど、あたしはもう、黙っていることが中鉢のためだとは思えなかった。これは隠蔽されてはいけないことだ。大人に知ってもらわなきゃいけないことだ。

あたしがお父さんに話したことで、中鉢に憎まれたり嫌われたりしてもいい。全部引き受ける。イチから友情作り直してやる。どれだけ時間がかかったって構うものか。

目覚ましするみたいに頬をぴしゃぴしゃ叩いた。

そのとき、ふわりとなにかが香った。お世辞にもいいにおいだなんて言えないのに、思わず胸いっぱいに吸ってしまいそうになる。

振り向くと、背の高い男の人が反対側の柵にもたれていた。たばこを吸っている。三十歳くらいだろうか。切れ長の細い目に、太くて下がり気味の眉、骨の隆起が目立つ鼻筋。美青年っていうのとはちがうけど、堂々としてかっこいい人だった。ちょっとレトロな格好をしている。なにかのパーティの帰りなのかな。

暗いベージュ色をしたヘリンボーンジャケットに白のワイシャツを合わせ、首元には紺色のスカーフを巻いている。スラックスと中折れ帽は生成り、ウエストベルトと靴は揃って焦げ茶色だった。

あれ。あたし、このひとをどこかで見たことがある。

あのたばこのにおいを、あたしは知っている。

「失礼」

男の人は内ポケットから小さな灰皿を取り出し、火を消した。

「喫煙スペース以外で吸っちゃいけないんだった。この世は窮屈でならねえな」

男の人は片頬だけで笑い、帽子のつばの陰から上目にあたしを見た。

「だからこそおもしろいんだけどな」

男の人はゆっくりとあたしに近づいた。左の手首に腕時計が見える。焦げ茶の革ベルトに真鍮のベゼル。骨ばった手首に映えて、めちゃくちゃかっこいい。

「かっこいいのはきみだろう」

あたしは顎のネジがゆるんだみたいに口を開け、男の人を見上げた。

「靴を脱いだときにはどうなることかと思ったが、もう大丈夫みたいだな。闇から自力で戻ったきみは、最高にかっこいい」

話すたび、渋臭いにおいがした。

男の人は太い眉を上げ、ふざけたように目を見開いて見せた。

「きみの頭を撫でたいんだが、構わないかい」

あたしは男の人の目に見とれていて、反応するのを忘れていた。

男の人はしばらくあたしを見下ろしていたけど、降参したみたいに手を顔の横に上げた。

「不躾《ぶしつけ》に女性に触るものじゃないな。やめておこう」

男の人は歯を格子のように見せ、いたずらっぽく笑って言った。

「思うままにいけ、薫子」

男の人は帽子を軽く持ち上げて会釈をし、歩道橋を降りていく。

慌てて柵に張り付いて下の道を見たけど、その姿はどこにもなかった。

桜が風に揺れている。まるで大きな犬がわしゃわしゃと撫でられているみたいだった。

たばこのにおいが、まだ残っている気がした。

「惜しいことしたかも」

あたしは自分の頭に手を置いた。どうぞって言えばよかった。

カバンを開け、チャックがついたポケットからサテンの巾着袋を取り出した。中鉢がいなくなった日から、お守りみたいに鍵を持ち歩いている。ひいじいちゃんの家の鍵だ。

十五歳までの期限付きで貸し出された、あたしの避難場所。

袋から鍵を取り出し、空にかざした。ブレード部分が矢印に見えた。鍵はどこかを指している。

やるべきことが、ある気がした。

「あたしの、避難場所……」

あたしはあの場所を、どう使うべきなのだろう。

思うままにいけ。あの人の声が、耳の奥に聞こえる。

巾着袋に鍵を戻し、右手に握った。

柵に背中を預けた。手紙にはまだ続きがある。

こんなこと言うと薫子ちゃんは怒るかもしれないけど、僕の痛みなんて大したことないと思います。

滞在者のひとの話を聞いて、そう思いました。

痛みや辛さなんて比べるものじゃないかもしれないけど、ほんとうにそう思ったんだ。そしたら、僕はいつか住職さんのようなことができるようになりたいな、って思うようになりました。

見知らぬ人同士をひとつの場所で生活させるのって本当に大変です。僕はここでの暮しを「楽しい」としか書いてないけど、それは住職さんが大変さを引き受けてくれているからだよ。僕が実際にできるかはわからないけど、せめて、僕に勉強を教えてくれる大学生のひととか、ごはんを持ってきてくれる人のようになりたいです。

僕は痛みを知っているけど動けないほどではないし、大声で笑ったりするのも嫌いじゃないけど、水彩画の人たちとも付き合うことができる。

いってみれば「おいしいとこ取り」……？（怒らないで！）

あ、あれだ。

ハイブリッド。

僕にできることが、あるんじゃないかなって思うんだ。

いや、僕がやらなきゃいけないことが、あるように思うんだ。

どれだけ殴られても捨てられなかった「男」と「女」は、僕の強さの土台だ。この強さ（図太さだね）は、使われるために生きているに違いないよね。

窓の向こうで、小さい鳥がチョンチョンって歩いています。

いま、午後の勉強時間を使って手紙を書いています。午前中は数学と英語をやりました。自由に時間を使えるって、すごいね。ちょっと怖いね。僕がゴロゴロしようと思えばゴロゴロできちゃうし。ゴロゴロするときの罪悪感まで引き受けなきゃいけないし。

こんな時間と場所を与えてもらってぜいたくだと思います。

ぜいたくだ、って悪い意味で思っているんじゃなくて、嬉しい気持ちで思っています。僕が自分で選び取ったものだからです。誇らしいって言ってもいいくらいです。

ここで過ごす一日一日を貴重に思います。丁寧に過ごしたいと思います。終わりの日が決まっているというのは、とても大切なことなんだね。

ここに居られるのにも期限があります。住職さんや弁護士さん、児童福祉司さんには、家には戻らず施設に入りたいと伝えました。

そう決めたとき、たくさん涙が出ました。

お父さんとお母さんとお姉ちゃんと暮らした時間が、懐かしく思い出されました。頭の中には同時にたくさんの思いが生まれます。全部愛しいです。それらの中から、僕はなにかひとつを選び取らなければならないのです。

これまで、僕の中に生まれたものはなにひとつ捨てたくないと思っていたけど、ここで初めて、ひとつを選ばなければならない状況に来たのです。

答えはとっくに出ていたけど、選び取るというのとはまた別の話でした。

苦しくて、悲しくて、一日中森にいたこともあります。

手紙だとその時間を詳しく書くことはできないけど、いま、結論だけは、迷いなく書くことができたので、ほっとしています。


階段を段飛ばしで下り、道路沿いの電話ボックスに駆け込んだ。

中学校は携帯電話の持ち込みが禁止されていて、あたしはバカ正直に守っているので、スマホは家に置いてある。

透明な壁の中に、荒い息が響く。緑色の電話にありったけの小銭を入れた。サテンの巾着袋をぎゅっと握って、生徒手帳を取り出す。メモされた電話番号をダイヤルする。

公衆電話からの着信なんて出ないかもしれない。仕事中に電話するなんて良くないかもしれない。

いますぐ話をしたかった。気遣いとか常識とか迷惑とかくそくらえだった。ほんとにいけないことをしているのなら、あとでどれだけでもお説教を受ける。


お父さんとお母さんとお姉ちゃんと暮らした時間が、懐かしく思い出されました。


あの文が記された便せんには、滴の跡がいくつもあった。

「もしもし」

低い声を聞いた瞬間に、涙がこぼれた。

冷静に話せる自信があった。なのにお父さんの声を聞いたら、蝶《ちょう》結びしてたリボンが解けたみたいに気がゆるんだ。朝帰りした日、お父さんが来ただけであの場が安定したみたいに、理屈抜きの安心感をその声は持っていた。

「お父さん、聞いて。あたしの話、聞いて」

「薫子？　どうした。大丈夫か」

「あたしの話を聞いて――」

中鉢が父親から虐待を受けていること。あの日、飯能に行ったのは度重《たびかさ》なる暴力から逃げるためだったということ。

話しながら、体が沈んでいくような感覚に陥った。現実の重さがずしんずしんとのしかかる。あたし一人で抱え込めるものなんかではなかったんだ。

髪を刈られて、大切なセーラー服を切られて、挙動を監視されて、部屋を探られてプライバシーもなくて、傷が見えないように巧妙に殴られて、心まで支配せんとする拷問を受けているということ。

景色が真っ暗になるような屈辱を受け続けているということ。

あたしはその事実を、身近な大人に開示するだけで精いっぱいだった。

涙に邪魔され、頭は混乱して、理路整然と話すことなんてできなかった。

――以上の理由から、私はあなたに電話をしました。

なんてオチがつけられるはずもなかった。

だけどお父さんは、お仕事中にもかかわらず最後まで聞いてくれた。

話してくれてありがとう。

そう言ってくれた。

あたしは切る間際になって、一つだけ電話の理由めいたことを言うことができた。

「黙っていちゃいけなかったの。中鉢のことを思うなら、秘密にしてはいけなかったの。こうなる前に、できることがあったはずなの。もう遅いかもしれないけど――」


僕はもう、そっちに戻ることはないけれど、薫子ちゃんにはいつかまた会えたらいいな。

薫子ちゃん、ほんとうにありがとう。

薫子ちゃんがいてくれたから、ここまで来れました。

きみのことだから「あたしはなにもしてない」って言うかもしれないけど、なにもしないのに（してるけどね）僕に感謝されるって、すごいことだと思わない？

いるだけで僕を勇気づけるって、めちゃくちゃスーパーなことだと思わない？

薫子ちゃんは僕のこと天使だと言ったけど、そっくりそのままお返しするよ。

きみこそ天使だ。
あと少しで、ここを出る日が来ます。
さて、どうなることやら。
わくわくするぜ。

敬具

中鉢　章雄

近藤　薫子　様

9

「お父さん」

お父さんはソファに向かってかがみ込み、ボストンバッグに着替えや飲み物を入れている。

土曜日の午後、お父さんは皇居ランナーになる。

それはお母さんの機嫌がいちばんひどくなるときでもある。今日は友達とランチに出かけているので、あたしもびくびくしなくて済む。ホテルのランチブッフェだそうな。

お母さんは、お父さんがお堀で女と待ち合わせしていると思っているのだ。ランニングデートってやつか。

彼女は被害妄想に毒されているので、あたしがどんなに「違うでしょ」と言っても聞かない。

「女と会う以外なにすんの」

「走るんじゃん」

母親の怨念に付き合うのも辛い。

「あの腕時計だって、彼女に自慢するためなんだわ」

父は高機能のスポーツウォッチを買ったばかりだった。

うんざりする。父が浮気していないとは言い切れないけど、しているという確証もない。というか、していないと思う。あたしはまだ、恋だ愛だというやつから派生したもののニオイはわからないけど、嘘や隠し事には敏感だ。

「ん？　薫子も一緒に走りに行く？」

このお気楽な誘い文句が、カモフラージュとも思えないし。

「行かない」

「そっか」

露骨にしょんぼりするのはやめてくれ。あたしは指をわじわじと動かした。気を取り直して話を続ける。

「今日、ランニング中止してくれないかな」

「どうして？」

「一緒に、行ってもらいたいとこがあるんだ」

「え、どこ」

お父さんの顔が輝く。思春期の娘にはいちばん厳しいやつである。

「飯能」

こんなに言いにくい四音、なかなかない。

「ひいじいちゃんの家の掃除をしたいんだ。玄関の立てつけも悪いし、庭掃除もしたい。手伝ってくれないかな」

ああ、そうか、とつぶやいたあと、お父さんは腰に手を当てて、視線をさまよわせた。

「いいよ。メンテナンスに行こうか」

「ありがとう」

あたしは数センチだけ頭を下げて、部屋に鍵を取りに行った。キッチンに戻り、メモに「ひいじいちゃんの家に行ってきます」と書きつける。お母さんのメールに入れてもいいんだけど、ガールズトークを邪魔したくない。

「車で行くか」

「うん」

あたしは雑巾や洗剤を紙袋に入れた。ほうきや剪定《せんてい》バサミはじいちゃんの家にあったのを覚えてる。軍手やゴミ袋も用意しなきゃ。

お父さんはボストンバッグを片付けたり、窓を閉めたりしていた。

＊

「案外きれいだな」

お父さんは居間を見渡した。ただいま換気中。

「うん、無人の家にしてはきれいなんだけど」

いや、無人ではないからきれいなんだ。ひいじいちゃんの気配がする。

「掃除しなきゃいけないところはたくさんあるから」

「そうだな」

お父さんがこの家に来るのも久しぶりだ。なにを思っているのかは読めない。

お父さんはこれから玄関戸の立てつけを直す。あたしは玄関先を掃くことにした。

庭掃除とか、二階の床拭きとか、やりたいことはたくさんあるんだけど、お父さんと話さなければいけないことがあるから。

お父さんをさんざん小バカにしてきた過去がある上、電話で泣きながら話したばかりなので、照れくささとばつの悪さがあった。やりづらい。

玄関の前にある南天を見上げた。あたしが生まれたときに植えられた木なのだそうだ。「難を転じる」とかで、あたしが守られるようにという願いが込められているらしい。マンションには庭がないから、ひいじいちゃんがここに植えてくれたんだって。

お父さんは戸をガタガタやっている。あたしは掃き掃除をする。

暑さはしぶとく残っているけど、先月と比べれば日差しも柔らかい。日陰はひんやりしていて、秋のにおいがうずくまっている。

ほうきを動かせば動かすほど、心臓もどきどきしてきた。

お父さんもお母さんも、いずれはあたしに話すつもりでいるんだろう。黙っているのは、話がまとまっていないからだ。

あたしから切り出すのは、固まってないセメントに指を突っ込むようなことなのかもしれない。きれいに固まる前に話せるのは、いましかない。

「お父さん」

「うん」

ちょうど力を込めたところだったらしく、「うふんっ」みたいな声だった。かけ声なのか返事なのかわかんなかったので、しばらく動向を待った。

「なに？」

やっぱ返事だったらしい。

あたしは緊張を隠すために、できるだけ低い声で言った。

「お父さんとお母さんは離婚するんでしょう」

お父さんは首だけ振り向く。あたしはお父さんを見ることができず、ほうきを動かし続けた。視界の端で、南天の葉が揺れていた。

「あたしを話し合いに入れるのは早いって思っているんだよね」

「薫子を、のけものにしているわけじゃないよ」

あたしは頷いた。泣いてしまいそうだった。考えていることを伝えるのって、なんて難しいんだろう。

南天の葉が頭をかすめる。がんばんなさいって言われた気がした。あたしは手を止めた。

「あたしも、あの家のメンバーだよ。結論が出たあとでしか参加させてもらえないなんて嫌だよ」

お父さんは玄関戸から手を離し、あたしに向き直った。

結局、顔を突き合わせて話すしかなさそうだ。

「お父さん」

「うん」

「お父さんと、お母さんが、別々に暮らすことはできないの？」

お父さんは意味を測りかねたように首を傾げた。普通だったら、「お父さんとお母さんが別々になるなんて嫌だよ」って訴えるところだろうか。

「いきなり籍を分かってしまうのではなくて、住む場所を分けるのではいけないの？」

「薫子？」

「あたし、お父さんとお母さんにラクになってもらいたい。だけど、バラバラにもなりたくないんだ。これって紙切れ一枚の話じゃないよね。大切な約束の話だよね。切るのは最後の最後にしてよ。殺し合うくらい憎んでいるんだったら逃げたほうがいいけど、お互い、生きててほしいって思ってるよね。……よね？」

お父さんはうつむいた。と思ったら顔を上げる。長い頷きだったたらしい。

「一緒に暮らすのには問題があるのかもしれないけど、別々に暮らすのならどうだろう。方法があるのに試しもしないなんて嫌だよ。可能性を殺すのは悲しいよ。それともお父さんは、お母さんと金輪際縁を切りたいと思っている」

お父さんは眉をひそめ、座った。膝がぽきりと鳴った。

「大切な人だよ。心を休めてほしいと思う。だけどお父さんが隣にいると、お母さんは落ち着くことができないんだ」

気取った言い方しやがって、とイラついたが堪えた。

これは「相性が悪い」ってことなんだろうか。それとも、距離が間違っているだけなんだろうか。

二人だけの正しい距離があるんじゃないだろうか。

夫婦のものことについては知らないことばかりだから、両親の心の距離も、修復の可能性も測れない。

これは家族のことでもあるのだから、あたしは思いつく限りのことを言うしかないんだ。翻弄されないために、海に錨《いかり》を下ろすんだ。

「お父さん」

「うん」

お父さんは小さく笑った。

「薫子は、言いにくい話をする前は、必ず呼びかけるよな」

「そうかな」

「そうだよ。さっきから何度も『お父さん』って言ってる」

言われてみればそうかもしれない。すごく緊張していたから。ふふって笑ってしまった。

あたしが笑ったら、お父さんもほっとしたような顔をした。

この人あたしのことがほんとうに好きなんだな。

「お父さん」

「うん」

「お父さんが飯能で暮らすことはできないかな」

「なんだって?」

子どもの頭では、これがどの程度大それた提案なのか測れない。きっと、とんでもないことを言っているに違いない。

いやいや、カマトト(知った言葉はとりあえず使いたくなる)ぶるのはやめよう。この際、一気に言ってしまえ。

「いまこの家が誰の名義なのかわからないし、あたしが十五歳になったら保存の期限も切れるんだから、もしかしたら取り壊す予定なのかもしれないけど、お父さんが買い取ることってできないのかな。お父さんの職場って新宿でしょ。新宿と飯能なら電車でも一時間くらいで行けるんだから通勤できないこともないよね。あたし一週間の半分ずつを練馬と飯能で過ごすよ。飯能からなら早起きすればいまの中学に通うことだってできるし。お父さんがお母さんに会いたくなったら練馬に行けばいいし、逆があってもいいし」

息が切れた。

しっかりしろ。ヤマはここからだ。

「それでね、あたし、もう一つ考えていることがあって、これが可能なのかもわからないし、いろいろと面倒なことがあるのかもしれないけど、この家お父さんが一人で暮らすには広すぎるでしょ。だからね、ここに、中鉢を住ませてほしいの」

お父さんは、おでこをはじかれたみたいに首を動かした。あたしの言葉を咀嚼《そしゃく》するみたいに、眉間に指を置いている。

ドドッて心臓が動いた。ビビるな。思うままにいけ。

「このあいだ電話でも話したけど、中鉢はいまどこかの保護シェルターにいて、もうすぐ次に行く場所を決めなきゃいけない。中鉢は施設に行きたいって言っている。もう家には帰れないって。そこに行くよりは飯能に住んだほうがいいと思うの。中学を出て働くにしてもまだ一年以上あるんだから、住む場所は必要なんだよ。お父さんが中鉢の後見人？わかんないけどそういう感じのなんか未成年を見ますみたいな人になるとかさ。あたし中鉢がご両親と必要以上に離れちゃうのが嫌なの。あの人たちが中鉢にしたことをあたしは絶対に許さないし、あの人たちが簡単に接触してこないように対応しなきゃいけないのかもしれないけど、それとは別の話でいままで育ってきた場所や触れていた人たちをごっそり取り除いて生き直すって人生二回分以上のエネルギーいるしあたしたちの青春時代をそんなものに食いつぶされてたまるかって感じだし帰る日なんてないかもしんないけどいつでも帰れるって思えるだけで自分の地面が続くって感じることができるの。中鉢は家族のことが好きなんだよ。好きだけど自分を守るための選択をしなきゃいけないの。だけどさこの家だったら生まれ育った場所と細く柔らかく繋がっていけると思うの。家族とも会いたいときにいつでも会えるって思っておけば気分もラクになるじゃない。お父さんがよその子と暮らさなきゃいけないってことになるけど中鉢はほんとにいい子で礼儀もわきまえているし、お父さんに迷惑をかけることはぜったいにない。約束する。中鉢がどんな進路を選ぶのかあたしにもわかんないけどせめて、中学卒業までの住まいがここにあるって言ってあげたい。あたしが世間知らずで常識外れの暴走したこと言っているっていうのも承知しているんだけど、あたしはまだお父さんとお母さんに離婚してほしくないから別居を試してほしいし、中鉢を守りたいから居場所を与えてほしいし、その二つの願いの交差点にひいじいちゃんの家があったってことなの。だから、あの、あたしの考えをバカなことって思わずに一度受け取ってもらえませんか。『いったん持ち帰ります』ってサラリーマンの決まり文句だよね、それ言ってください。あとなんかいろいろすみませんでした」

汗をだらだらかきながら頭を下げた。猛烈な恥ずかしさと不安に襲われていた。

あたし、お父さんに家を買えとかマンションから出ていけとか言っている。

中鉢のお家のことに、踏み込もうとしている。

ああ、もう、なにが正しいのかわかんない。

物を壊すお父さん、言葉で斬りつけるお母さん。

あたしはこの二人のことだって絶対に許さない。

その人たちは同時に、安らぎあれと心から願う人たちでもある。

動悸《どうき》が強くなる。「やばい」と耳の奥から声がした。中鉢の手紙を受け取ったときみたいに、パニックの足音がする。

そのとき、つむじのほうから声がした。

「薫子は、解決策を提示してくれたわけだね」

顔を上げた。顎から汗がぽたぽた落ちた。

お父さんは玄関戸に背中を預けて、あたしを見ている。目玉の奥から力が抜けたみたいな、摩擦のない視線をたたえていた。鼻から長く息を吐き、シャツの袖を降ろしている。

「うん、いったん持ち帰ります」

あたしはギシギシと腰を立てて、もとの姿勢に戻った。背中にも汗が伝っていた。きっとひどい顔色をしている。

「大丈夫か」

お父さんは苦笑していた。あたしはまだ動けない。いまので力を使い切ってしまった。

「薫子にここまで考えさせてしまったんだなあ」

お父さんは首をぽりぽり掻いた。ああ、と唸《うな》ったり首をねじったりしているところを見ると、なにやら葛藤が生まれているらしい。

あたしは体が空っぽなのを感じながら、それを見ていた。ううん、お父さんを見ていたっていうよりは、網膜の働きを受けていたっていうほうがいいのかもしれない。あたしはなにも知覚していなかった。自分の周りにあるものが一切関係してこなくて、たしかに地面に立っているのに、まるで絶叫マシンで落下しているみたいだった。でもちっとも怖くないの。怖いって感じる器官も眠ってしまっているみたい。あたしはなにも感じなくなっていた。落下の無重力だけが、いまのあたしのリアルだった。

目の前にいる、この男性は誰だろう?

「お父さんも、子どものときはよく飯能の家に遊びに来たよ」

彼は戸を軽く引いて、戻した。

「週末は学校終わってそのまま電車に乗って、泊まったりしてね。薫子が生まれたら、じいさんの興味は薫子に行ってしまったけれど」

ぎょっとした。おかげで無重力感も和らいだ。

お父さんがあたしに嫉妬していることには気づいていた。

ひいじいちゃんがこの家を保存するようにと遺言を残したときも、親戚一同「めんどくせえ」としか思っていなかったのに、お父さんだけは別の痛みを感じていた。

どうして自分にはなにも遺してくれなかったんだろう、って。

愛してくれていたはずなのに、新たに小さな子が生まれたら愛情が移ってしまうなんて。

お父さんは、三鷹のママンよりも、飯能のグランパを心の支点にしていた。

お父さんが三鷹の祖母を気にかけているのは、あの人が一人暮らしだからだ。祖父はあたしが三つのときに死んでしまったから、お父さんはその代役として、ママンを気にかけているのだ。

定期的に末っ子のおつとめを果たしに行く。にこにこしながらカレーを食べて、無邪気にテレビゲームをする。

お父さんはおつとめを果たすことでやっと、自分を認めることができるのかもしれない。

実家に行くときのうきうき感は、自分の価値を確かめられるという安心感から来ているのかもしれない。

この人は、みんなにハンサムだと思われ続けないといけないと思っている。

実際思われているとしても不安はぬぐえなくて、最後は心中してくれるくらい自分に同化する人を求めている。

たとえば、ニコチンの禁断症状に苦しんでいるときに、一緒に好物を断ってくれる人。

もしも彼が盲目になったとき、自分の目玉に針を刺してくれるような人。

そんな人、いない。

大人のお父さんには、とっくにわかっていることだけど。

――あたしいま、お父さんになっている。

お父さんとへその緒が繋がっている。

お父さんの中に、あたしと同い年くらいの男の子がいる。あたしになにかを伝えようとしている。必死で声を上げているのに、聞き取ることができない。大人のお父さんが口をふさいでいるから。彼を羽交い締めにして、声を封じているから。

あたしは以前、お母さんの中にも小さな子どもを見た。お父さんと同じように、大人のお母さんがその子の口をふさいでいた。

あたしは湧き上がる震えを堪えるため、こぶしを握った。

大人になるっていうのは、自分の中にたしかに生きている小さな存在を無視するってことなんだろうか。繊細で柔らかくてただぬくもりを求める存在の口をふさぐってことなんだろうか。

お父さんとお母さんはお互い、この小さな子を抱きしめてほしかっただけなんじゃないのかな。

父とか母とか、夫とか妻とか、男とか女とかいう役目はどうでもよくて、ただ誰かに抱きしめて撫でて大丈夫って言ってほしかっただけなんじゃないのかな。

そんなこと、誰かに求めることなんてできないけど。

求めるのは重いことだし、自分の現状は過去の積み重ねの結果。胸の内外にある苦しみは自分で引き受けるべきだ。こうなったのは自己責任なんだから。

辛いのは自業自得だ。誰かに愛してほしいとか抱きしめてほしいとか求めるのはただの弱さだし、勝手なことだ。

「——なんて、誰が言うものか」

ひいじいちゃん！

お願いします。あたしたちに場所を与えてください。

この家を必要としているひとが、まだいるのです。

あなたならできますね。ルールの無視はあなたの得意技ですもんね。あなたは金色の玉をつかむ鮮やかさを、あたしに見せてくれましたもんね。

「お父さん。ここに住んでよ」

ぱしん。

雨樋《あまどい》だか、屋根だかが鳴った。

まるで、催眠術を解く指の音のようだった。

なーんだ。

ひいじいちゃんは初めから、あたしだけにここを遺したわけではないんだ。

十五歳までって期限付きで家を遺してくれたのは、そのあとに使うべきひとがいるからだ。その頃のあたしはきっと、この家を必要としなくなっている。

あたしはただの通路みたいなものだ。ひいじいちゃんの意思の通路。あの人はあたしを通して、目的の相手に呼びかけようとしていたんだ。

ひいじいちゃん、あなたも大変ですね。手のかかる子ばかりで。

「人からどう思われたっていいじゃん。この辺とかマンションの周りを、手を繋いで散歩しようよ。みんなにあたしたちが仲良しだって見せつけてやるの。腹を決めたならパフォーマンスにも意味があるもんね」

ね、中鉢。

「バラバラに住んでる家族ですがあたしたちは幸せですって見せてやろう。誰にかわかんないけど、姿の見えない幽霊みたいな視線のかたまりに。これはバラバラなんじゃなくて、正しい距離なんです、って」

気管に風が通ってる。

「お父さんがマンションから出ていったなら、お母さんの心も休まるわ。思うぞんぶんカブトムシ系の野菜も食べられるし」

そろそろ、スーパーマーケットからスイカは消えるだろうけど。

「そしたら……また、いろんな話ができるようになると思うの。大事な話だけじゃなくて、今日は寒いねとか、このはちみつおいしいねとか、そういうことも」

目頭が熱くなって、慌てて笑顔を作った。

「この家の合鍵を渡すのを忘れないでね。いつでも飯能に来てくれって言ってね。そうすればお母さんも『女を連れ込んでいるんじゃないか』って疑いも持たないと思うから」

今度はお父さんがぎょっとする番だった。「ぎくり」じゃなくて、あくまで「ぎょ」なの。中二の娘の口から「女を連れ込む」なんてセリフが出たことにも引いたんだろうけど、まるで学芸会で突然主役に抜てきされたみたいな顔だった。

ほらね、お父さんは浮気なんかしていない。女の子の成長する過程に幻想を持ってはいても、おかしなロマンは抱いていない。見た目よりもずっとまじめなひとだ。お母さんはお父さんを「過大評価」、してる。

あたしはちょっと笑ってしまった。

「なんで、子どものあたしがここまで考えなきゃいけないんだろ」

汗は引いていた。

「お父さんとお母さんが正しい距離に行くのと一緒に、この家の一部を中鉢に貸してほしいんだ。懐の深い男は、いいものを独り占めしないものだってひいじいちゃんが言っていたよ」

ごめんじいちゃん、話作りました。

「『ぜにのないやつぁ俺んとこへ来い』って言ってよ。『俺もないけど心配すんな』って言ってよ」

この歌はひいじいちゃんのオハコだった。

お父さんはぼんやりとあたしを見ていた。目の下にクマができている。この人、疲れているんだなあ。あたしが追い詰めたのかもしれないなあ。正しいことも、間違いも、なにもわからない。自信なんてない。

みんなが安全に暮らせる方法がどこかにあるのだと、あたしが信じたいだけなのだ。そうでないと、死ぬことばかり考えちゃうから。これは、あたしの命綱だ。

カラフルなスーパーボールに埋もれているだけで、金色の玉が水底を転がっているのだとしたら。

家族は一緒に暮らしていないとかわいそうだ。

学校にきちんと行かなければ人生が詰む。

性別決めなきゃ未来に進めない。

絶対だと思っていることも、実は夜店のおやじのぞんざいな監視みたいに、ちょっと隙をつくだけで崩れるようなものだとしたら。

そう思うことでやっと、あたしの暗闇にも光が灯る。蛍みたいな小さな光だけど。

あたしはお父さんの肩をピンとはじいた。

思春期の娘としては、親父に優しくしてやるというミッションは激しくインポッシブルであるが、いまのあたしはなによりも、お父さんと対話をしている近藤家のメンバーだ。

「向こう向いて」

指で円を描いた。お父さんは不思議そうな顔をしたけど、あたしが見下ろしているうち、体の向きを百八十度変えた。

あたしはしゃがんで、右手をお父さんの背中に当てた。

お父さんは驚いたように背中をこわばらせた。びっくりしたのはこっちだ。なんて冷たい背中だろう。がちがちに凝っていて、コンクリートみたいだ。このひと、背中になにを溜め込んでいるんだ。

あたしは手のひらをゆっくりと上下させた。

肩とか、肩甲骨とか、背骨とか、丁寧にさすった。

右手が疲れたら左手で、ついには両手で、背中の全体をさすった。

お父さんは少しずつ、少しずつ、力を抜いていった。

「やっぱり、そうなんだなあ」

お父さんは顔を上げた。後ろからではよくわからないけど、たぶん南天を見ている。

「薫子は天使なんだな」

おう？　と変な声が出てしまった。手が止まった。

この人も頭がおかしくなったのかな。言うに事欠いて天使とは。

あたしも中鉢に同じこと言ったけど、言うのと言われるのとではかなり違う。中鉢もあたしのこと、おかしな奴だと思ったに違いない。なのにすんなり受け止めてくれた。今度会ったらお礼を言おう。

そこでふと、気づいた。

いくらなんでも「天使」って言葉の出る頻度、多すぎないか？

あたしとお父さんとの十四年のあいだで、「天使」という言葉を交わしたことは一度もない。もちろん、あたしが中鉢を「天使」と呼ぶのを、お父さんが聞いたことだってない。

それなのに。

「お父さんとお母さんが結婚したばかりの頃ね」

お父さんはさらに顔を上げた。空を見ているんだろう。

「よく夜の散歩をしたんだ。お母さんはしっかり者で、いつも凛《りん》としていたけど、小さいことで気分が沈んでしまうことがあってね。突然ぽろぽろと泣くことがあったんだ。そういうとき、お父さんはお母さんを外に連れ出して、近所をぶらぶら歩いた。

お母さんは何回も深呼吸して、金木犀のにおいがするって言っていた。空は澄んで、月が釣り針みたいに細い日だった。歩いていたら突然、お母さんが『あっ』て言った。月の周りを何粒もの小さな光が流れていた。目を疑ったよ。流れ星にしては流れすぎだった。花火のナイアガラみたいだったんだ。空が金色に染まっていた。お父さんとお母さんは、空を見たまま動けなくなっていた。そしたらね、ナイアガラの中から小さな粒が一つ、ぽんとはじかれて、お父さんとお母さんのほうに飛んできた。金色の玉は近づくにつれてみるみる大きくなってね。ぶつかりそうになった瞬間、パッとはじけた。照明弾みたいに、辺りを昼間みたいに明るくして。景色を全部金色にして、すぐに消えた。空にも、細い月があるだけだった。お父さんとお母さんは抱き合ったまま呆然としていた。

次の日、新聞やテレビのニュースのどこにも、それらしき流星群や隕石《いんせき》の話題はなかった。一体なんだろう、集団ヒステリーってやつかな、それとも金木犀に幻覚作用でもあるのかな、って冗談にしようとしていたんだけど、お母さんは案外落ち着いていて、『いいものを見た気がする』って言った。お父さんはなんだか嬉しくなっちゃって、『まあいいか』って思った。お母さんがご機嫌ならまあいいかって。お母さんの妊娠がわかったのはそのあとすぐのことだった」

あたしはお父さんの首筋を見る。皺ができてる。

「お父さんもお母さんも推測を立てることはしなかったし、あのときの話をなぜか避けていたけど、あの金色の光がお母さんの体に入ったんじゃないか、って二人とも感じてた。お父さんが初めて薫子を抱いたとき、あまりにもかわいくて、二人で一緒に『天使だ』って声を上げた。たくさん笑ってしまった。お母さんは傷が痛そうで、それでも笑いが止まらなくて、助産師さんに怒られてしまった。『天使』なんて周りには親バカに聞こえたかもしれないけど、俺たちが同時にそう言ったのは、なにかの答えに違いなかった。あの金色の光はなんだったのか。その答えを、自分たちの口が答えてくれたんだ。……いま、それを、思い出した」

「ちくび」と同様に「天使」ってよくよく聞けばだいぶ恥ずかしい響きだな。

お父さんの話を聞いて、最初に思ったのはこれだった。

感動とかするべきだろうに、「あたしも中鉢の前ではこれを言いまくっていたのか」と思ったらちょっとパニックになった。

お父さんには悟られたくなかったので、意味もなく後頭部を見た。おしゃれにカットされているけど、ところどころ白髪が混じっている。

あたしは、遺跡を眺めるような気分で、白髪を見た。

——天使、だって。

あらためて、すごい言葉だな。

これって、ほんとにただの事実に過ぎないのかもしれない。ひいじいちゃんがあたしの体を通じて外側に声を届けているのと同じように、なにかが「天使」って何度も何度も、あたしたちの耳に聞かせようとしていたのかもしれない。

まあ、あたしが天使だろうと、ギャートルズの肉だろうと、いまできることは一つなんだけどね。

「お父さん、背中凝っていたんだなあ」

温かくなって初めて、背中が固まっていたことに気づいたらしい。

あたし、とってもいいことをしたような気分になった。

家に帰ったら、お母さんにも同じことをしよう。

きっとツンケンされるんだろうけど、へこたれないんだ。

10

「大人同士で話をするから、あとは任せなさい」

さすがにキュンとした。仕事モードのこの人は、やっぱりかっこいいのかもしれない。

日曜日の朝、パンを食べ終えて部屋に戻ろうとしたときだった。入れ違いにお父さんが寝室から出てきて、そう言った。目が充血していたのは、一晩中考えていたからだろうか。

ちなみにお母さんは、習い事のバレエレッスンに出かけている。お父さんとできるだけ顔を合わせないようにしているのか、休日のあの人はいつも予定がいっぱいだ。

「なにが正しいのか、わからないね。わからないことをするのは、おそろしいね」

お父さんはシンクの前に立って、水を飲み干した。

「ただ、じいさんの遺した場所があって、必要とする人がいて、使うことができるのなら、そうするほかになにがあるだろう」

お父さんはまるで、自分に言い聞かせているみたいだった。

ほっとするのと同時に、胃の奥を押されたみたいに苦しくなった。

申し訳なさというか、委ねるしかない無力感みたいなものを、言葉を尽くして伝えたくなる。虫がいいにもほどがある。

あたしはさんざんお父さんを無視し、バカにし、反抗したのに、助けてほしいときだけ助けを求めた。

子どもだからって、親に守られるのは当たり前なんかじゃない。

あたしが近藤家のメンバーとして対等に参加をしたいのなら、もう子どもみたいな態度を取るわけにはいかないんだ。

あたしは黙って頭を下げた。

週明け、お父さんは竹茂先生に連絡をした。その夜に学校に行って先生と話をし、シェルターの運営団体とのやりとりが始まった。弁護士さんや児童福祉司さん、住職さんとも会ったようだ。シェルターってどこにあるの、と聞いたけど、「場所は非公開なんだよ」と教えてくれなかった。口の固さもかっこよかった。

お父さんは何度も出かけたり、長い電話をするようになった。

お母さんがまた女の存在を疑い出すんじゃないかと思ったけど、お父さんはお母さんにも丁寧に説明をしてくれたらしい。

別居の話が出てから、二人の争いは消えていた。

お父さんはいつも、話し合いから帰ってくるとぐったりしていた。

一度や二度でまとまる話ではないのだろう。あたし、とんでもないお願いをしたんだ。

何度目かの話し合いから帰ってきたお父さんは、いつものように疲れた顔をしてソファに沈んでいた。仕事を切り上げて行ったから、スーツのままだ。

あたしはお父さんにコーヒーを淹《い》れた。カップから､甘くて苦い香りが立ち上っている。

「ありがとう」

お父さんは弱く笑って、コーヒーカップを受け取った。

「だいぶ、話がまとまってきたよ」

一口飲んで出た息には、まだ緊張が残っていた。

「薫子」

お父さんは表情を引き締めてあたしを見上げた。

「章雄さんを飯能に引き取る際には、児童相談所にあいだに入ってもらうことになる。彼の親には居場所を知らせない。連れ戻しに来たり､再び暴力が起きる可能性があるからね」

あたしが頷こうとするのを、お父さんは顎を上げて制した。

お前はほんとうにわかっているのか？

そう聞かれた気がした。

「じいさんの家で、薫子はこう言ったね。飯能の家だったら、章雄さんが生まれ育った場所とも細く柔らかく繋がっていける。家族とも会いたいときにいつでも会えるって思っておけば気分もラクになる」

あたしはソファの脇に立ち尽くすしかなかった。

「だけどね。親には居場所を教えないいんだ。章雄さんを守るために。親との繋がりは残せない。じいさんの家はむしろ、繋がりを切るための場所になる。あそこは、章雄さんが自立する日まで、心身の安全を保つ場所だ。彼が生家に帰るための待機場所ではない。これは、薫子の言葉の逆を行くことにならないかな」

頬が熱くなる。目のふちまで熱が上がってきた。鼻から息を吸い込んだ。砂鉄のたばこのにおいを探したけど、あるのはコーヒーだけだった。

お父さんは慌てて右手を振った。

「ごめんごめん、きつく聞こえてしまったのかな。突いているわけじゃないんだ」

お父さんはあたしに見せるようにコーヒーを飲んだ。

「ほんとおいしいね、淹れるのいつのまに上手になったの」

「続けて、ください」

あたしは仁王立ちになっていた。お父さんは困ったように笑った。

「なにを選ぶかは、章雄さんだ。俺たちにできるのは、章雄さんの選択肢を増やすことだけだ。だけど正直なところ、お父さんは章雄さんのことをよく知らない。じいさんの家を必要としている人がいると思ったからここまで動けたけれど」

お父さんはコーヒーカップをテーブルに置いた。体ごと、あたしに向き直る。

「薫子。飯能で話したとき、きみの主語はほとんど『中鉢』だった。きみは、お父さんのことや、お母さんのことや、章雄さんのことを自分のことのように必死で考えていたんだよな。苦しめてしまってほんとうにすまなかった。薫子。きみの気持ちを聞かせてくれ。主語をアイにして。お父さん実は、きみのためならこの百倍動けるんだよ」

お父さんは冗談ぽく言って、濃いクマをまとった目を微笑ませた。

「あたし」

あたしのほんとうの気持ち。眉毛を切ったときもそうだった。ほんとうのことを話すのって、どうしてこんなに怖いんだろう。

「あたし……」

まるで高台に立っているみたいだ。バンジージャンプに踏み出せない人みたいに、何度もためらう。

お父さんは、あたしの言葉を辛抱強く待っていた。

泣くな。泣くな。こぶしを握りしめたのに、力んだら涙がぼろりとこぼれた。絨毯《じゅうたん》に滴が落ちると同時に、体がふっとゆるんだ。見えない手に背中を押される。バンジー台からあたしは踏み出す。

「あたし、中鉢と離れたくない」

うん、とお父さんは頷いた。

「いつでも会える距離にいてほしい。転校しちゃうのだって嫌なの」

ぼろんぼろんと涙が転がり落ちていく。

「あの学校で、中鉢だけが、あたしの友達なの」

見苦しい顔をしているのはわかっていたけど、顔を伏せなかった。

お父さんはあたしの醜い顔なんて気にも留めないって知っているから。

お父さんは絶対あたしのこと嫌いにならないって知っているから。

だから、いままでひどい態度がとれたんだ。甘えていたんだ。

「この世界で中鉢だけがあたしの親友なの」

言葉にしたらあまりにも子どもっぽくて驚いた。ああだこうだと理由をつけて中鉢を引き取ることをお願いしたのに、ほんとうはこんなに短い言葉で済んでしまうことだった。

あたし、中鉢と離れたくない。

中鉢のために場所を用意したいんじゃない。あたしが中鉢に、そこにいてほしいんだ。

自分の願いを叶《かな》えるために、ずる賢く主語をすり替えていた。

この気持ちを認めてしまったら、あたしは一人ぼっちになってしまうから。

中鉢のいないあの学校にも、この街にも、心を許せるひとが一人もいないんだって、認めることになるから。

そんな怖いこと、できなかった。

なにかを伝えようとするときに長い言葉が出てくるのは、ほんとうの心を隠そうとしているからかもしれない。弱い部分を守るために、多弁っていう分厚いコートが必要になるのかもしれない。

全力で言葉を尽くした気になっていたけど、それはこの幼い願いを隠すためだったんだ。

「練馬と飯能なら、電車で一時間そこそこだもんね」

お父さんは姿勢を崩し、左の体側をソファの背もたれに預けた。背もたれの上部に肘を突き、頬杖をしてにやりと笑う。ちょっとひいじいちゃんに似ていた。

「薫子が飯能に来たとき、そこに章雄さんがいたら、ゆっくり話したりできるもんね」

ばつが悪くて恥ずかしくて、素直に頷くことができなかった。小さいとき、癇癪《かんしゃく》を起こしたはいいけど落とし所がわからなくてぐずり続けたのを思い出した。

「よし、お父さん引き続きがんばろーっと」

お父さんはぽんと膝をたたいた。いまのあたしがやるべきことがなんなのか、わかった。

「わかってもらいたいひとに、わかってもらっている」と信じることだ。

「……お父さん」

「うん」

「ありがとう。ございます」

お父さんは返事のかわりに微笑み、立ち上がった。テーブルのコーヒーカップを手に取り、寝室に入っていく。

お母さんはキッチンから読めない表情でお父さんを見ていた。

あたしはティッシュで涙と鼻水を拭き取ると、お母さんの隣に行った。

「お母さん」

「なに」

「明日の体育大会」

「給食ないんでしょ」

まな板の上には、下ごしらえを待つ食材が乗っている。

「見に来てほしいんだ」

お母さんはなめらかに首を動かして、あたしを見下ろした。

「土曜日だし、お弁当いっしょに食べよ」

もうすぐ家族三人の暮らしは終わる。

「材料足りない？　三人分のお弁当」

中鉢の手紙にあった通りだ。終わりが見えるのって、なんてすごいんだろう。すべてが大切で、愛しく思える。

「お父さんとお母さんに、見てほしいんだ」

あたし、二人が並んでいるところが、もう一度見たいんだ。

「いいよ」

お母さんは無表情のままだった。だけど、目の奥の光や唇の血色が、障子越しに見えるろうそくの灯りみたいに色づいていた。

「ありがと」

あたしは部屋に戻った。

ベッドに寝転んで、お母さんのお腹の中にいるときみたいに丸くなった。まぶたが月灯りを透かしてる。うとうとしているうちに、頭のてっぺんが温かくなってきた。

誰かに、頭をなでられている。

*

中鉢章雄様
前略ごめんください。

中鉢が飯能で暮らせるようにって話が進んでいること、聞いてるよね。相談もなしに、ごめんなさい。きっと迷っているよね。へたに関わりのある、うちみたいなところに行くよりも、いっそ知らない人ばかりのほうが気楽だって思うのもわかる。中鉢のことだから迷惑かけたくないって考えているんじゃないかな。

ところで、アジールって知ってる？

強引にまとめてみれば「権力が入ってこられない場所」って感じかな。

アジールは、山の中だったり、市場だったり、神殿だったりするんだけど、そこに逃げ込むと、法や世間の目に着せられていた服を脱ぐことができるの。俗世の縁が切れて、肩書も消えて、何者でもない者になる。なにかに追われている人も、アジールでは保護される。無法地帯ってことではなくて、そこにはそこのルールがあるんだけどね。「避難所」って言い換えてもいいんだと思う。駆け込み寺も、アジールの一つだね。

「世界から守ってくれる世界」。あたしはそんな名前をつけたい。

世界の地続きにある異世界ってイメージ。

アジール的な場所は、世界の歴史の至るところで見られるんだって。きっと、人類が共通して必要としているものだからだよね。

たぶん、ひぃじぃちゃんの家もアジールなんだよ。あそこは、世間一般の常識が及ばない場所なの。そういうものから守ってくれる場所なの。

あそこを必要としているすべての人に使う権利がある。

あの家は、中鉢のものでもあるんだよ。

それを伝えたくて、手紙を書きました。

私の字もクセがあるね。この手紙を竹茂先生に預けたら、ペン習字の本を買って帰ろうと思います。

あらあらかしこ

近藤薫子

あたし、中鉢と離れたくない。

書こうとして、やめた。

手紙はかっこつけてナンボだってのもあるけど、あたしの思いを重みに加えたくなかった。

お父さんに正直な気持ちを伝えたら、中鉢と離れることが怖くなくなったっていうのもある。

認めるのは怖いことだと思っていたけど、逆だった。

本当の気持ちを認めたら、その気持ちが「認めてくれてありがとう」って言ってるみたいだった。「認めてくれたお礼です」ってすてきなものを贈ってくれた。

あたしが元気を保つために必要なもの。

自分を信じる気持ちだ。

中鉢が、すぐ会える距離に住んでいてくれたら嬉しい。

たとえ遠くに離れても、あたしは中鉢との繋がりを紡いでいく。

どんな結果になっても大丈夫。

どこにいても、どんなかたちでも、あたしは中鉢の友達だ。

追伸

「僕はパンケーキだ」って言葉、すてきだと思う。

＊

あたしが八百メートル走に志願したのはジャンケンが嫌いだからだけど、競技が午前中に行われるからというのもある。例年、開会式の直後だ。数分がまんして走ってしまえば、あとは一日気楽に過ごせる。

体育大会当日、早々に個人競技を終えたあたしのユウウツは半減した。順位も真ん中くらいだったし。そのあとの大縄跳びもまあまあの記録が出た。犯人探しのような事態にもならなかったし、よかったよかった。

昼休憩になって、あたしはお父さんとお母さんのところに行った。うちの親はグラウンドの南東、鉄棒の前というベストポジションに陣取っていた。日当たりが良くて明るいし、大きな木があるから適度な日陰もある。朝礼台の対岸なので、演舞や応援合戦も正面から観ることができる。お父さんが朝から張り切ったようだ。

お母さんは立派なお弁当を作ってくれた。いなりずしに栗《くり》ごはん、ミートボール、からあげ、卵焼き、アスパラのバターソテー、にんじんとトマトのサラダ、アボカドとツナをまぜてチーズを乗せて焼いたやつ。梨とぶどうもあった。はたから見れば幸せな家庭だろう。

お父さんは一人でぺらぺらしゃべってた。お母さんは静かに箸を動かしていたけど、無視とかツンツンしてるってよりは、見守ってるってのが近い目をしていた。嬉しかった。

午後の部が始まり、いくつかの個人競技のあとで三十人三十一脚の番が来た。うちのクラスは中鉢がいないので、二十九人三十脚だ。鉢巻で隣の子と自分の足首を縛る。この競技は動きがままならないから、ほんとうに怖い。このときばかりは、互いを信頼しないといけない。疑ったとたんに動きが乱れて転んでしまうのだ。無心、ってこの競技のためにある言葉なんじゃないかな。

あたしは両隣の男子と肩を組んだ。練習のときは「近藤はマジガタイいいよな、女と組んでる気がしねえ」とか言っていた奴も、真剣な顔して正面を見てる。

「俺の動きについてきてくれていいから」

笑ってやりたかったが、あたしはまんまと頼もしさを覚えるのだった。

スタートラインに立つ。ピストルが鳴る。「いち、に、いち、に」と叫びながら足を前に出していく。両側の男子に肩を強く握られる。あたしも力がこもる。スピードが上がっていく。男子の脚に引きずられそうになる。自分の体が自分以外の強いものに動かされていく。怖い。身がすくみそうになる。脚を止めてしまいそうになる。

がんばれー！　と声が聞こえた。お父さんの声だった。お母さんの声は聞こえないけど、お弁当のときと同じ目で、あたしを追ってくれている。

親父の声が耳に入ると条件反射で興ざめするせいか、恐怖がふいに和らいだ。ショック療法か。かわりに「あの人たちの前で失敗したくない」って気持ちが起きた。転びたくない、完走したい。

五十メートルのなんて長いことだろう。「いち、に」の声さえ出せなくなっていた。しぶとく顔を出す恐怖に気を取られないように、脚をリズムに合わせて前に出す。

クラスの脚がゴールラインをまたぐ。ピストルが鳴る。

あたしたちは倒れ込む。

「やったー！　完走したぜー！」

誰かが叫んだ。タイムなんてどうでもよくなっていた。練習時から何度も完走していたし、どうせならイチバンとろうぜなんて言っていたのに、観客の目の前で走り切れたこと、犯人探しせずに済むこと、「よかったね！」って言えたことでじゅうぶんだった。

このクラスはあまり居心地のいい場所ではなかったけど、いまだけはいいなって思えた。

やさしい気持ちになったときは、どんな場所でも好きになれるのかもしれない。

三年生の演舞や一年生の障害物競走、応援合戦、残りの個人競技も終わり、残すは学年別クラス対抗リレーだけとなった。

女子、男子の順番で行われる。

あたしのクラスの第一走者は陸上部のブレーンで、アンカーは同部のエースだったので、ぶっちぎりの一位だった。第五走者のあたしもトップをすいすい走った。父の声援や母の視線を確かめる余裕もあった。

男子がトラックに移動する。女子は応援席の前に詰めて声援を送る。

スターターがラインに並ぶ。

位置について、と先生が声を上げる。

「用意」

ピストルが鳴る。

どこに隠れていたのか、一人の美人がトラックに飛び出した。

短い髪、すらりとした長身、つんつるてんのセーラー服。グラウンドがざわめく。面食らった男子たちのスタートが遅れる。

「中鉢っ？」

中鉢が、あたしのセーラー服を着て、裸足で、全速力で走っている。男子たちは中鉢のあとを追っていくけど、誰も調子を取り戻せない。

中鉢は保護者ひしめく観客席にさしかかると、横飛びになりながら制服を脱ぎ始めた。男子たちはヨタヨタになっている。走り続けるべきなのか止まっていいのか、判断できないんだろう。もはや競技どころではない。

あちゃあ、とあたしは目を覆う。どうしてそうなるかなあ。

中鉢は自分を鼓舞するとき、熱狂に力を借りようとする。

彼はなんらかの答えを出したんだろう。そうとうなエネルギーが要ったんだろう。それは恐怖と隣り合わせなのだろう。なにより、意思を表明するには言葉が追いつかないのだろう。

わかる。

わかるけど、あたしはそういうパフォーマンスが嫌い。自分を棚に上げてでも、嫌いだ。

なにしてんの、マジで。あんたが騒ぎ起こしてどうすんの。

飯能のひいじいちゃんちを現実的な選択肢に組み込むために、とっても繊細な調整をしている最中だというのに。

うちのお父さんが東奔西走しているときに勝手なことしてんじゃねえよ。

中鉢は賢くてきれいなくせに、理解しがたいクレイジーエンジェルでもある。

とにかく、先生に取り押さえられる前に止めたかった。どうしたものかと辺りを見渡すと、お母さんと目が合った。

お母さんが、あたしを見ている。

首に巻いていた大判のストールを外し、ひらひらと振っている。

あたしは応援席を抜け出して保護者席に行き、お母さんからストールを受け取った。

「はやく」

お母さんの口の端が、少し上がっていた。

あたしはお母さんのにおいのするストールを抱えて、グラウンドに走った。奴がパンツを脱ぎ始める前に止めなくては。

待ってろ、いますぐ説教してやる。

鈴木先生が向こうから走ってくる。竹茂先生がその腕をつかんだ。ナイス、竹茂先生。

ざわめくグラウンドの中、あたしはストールを広げて中鉢に駆け寄った。

「中鉢ーっ！」

それごと彼を抱きしめる。

「おかえり！」

自分の口から出た言葉に自分で驚くのは、これで何度目だろう？


〈了〉

塚本はつ歌

HATSUKA TSUKAMOTO

一九八三年生まれ。岐阜県瑞浪市出身。
大阪芸術大学卒業後、
職歴を重ねながら小説投稿を続ける。
現在は神奈川県在住。子育てをしながら執筆を行う。
好きなことは散歩と読書、料理の本を眺めながら寝ること
（実際に作るかどうかはまた別の話）。
関連サイト https://twitter.com/20th_tsukamoto

参考資料

【書籍】『「ふつう」ってなんだ？ ＬＧＢＴについて知る本』（学研プラス）
『先生と親のためのＬＧＢＴガイド
もしあなたがカミングアウトされたなら』（合同出版株式会社）
『はじめて学ぶＬＧＢＴ 基礎からトレンドまで』（ナツメ社）
『僕が夫に出会うまで』（文藝春秋）

【映像】ＮＨＫ「ＢＳ１スペシャル 僕が性別〝ゼロ〟になった理由」

世界から守ってくれる世界

二〇二〇年一〇月一四日 第一刷発行

著者 塚本はつ歌
装画 新井陽次郎
装丁 アルビレオ
DTP・校正 トラストビジネス株式会社
編集 松本貴子
発行 株式会社産業編集センター
〒一一二-〇〇一一
東京都文京区千石四丁目三九番一七号
ＴＥＬ 〇三-五三九五-六一三三
ＦＡＸ 〇三-五三九五-五三二〇
印刷・製本 萩原印刷株式会社

ISBN978-4-86311-273-5 C0093

＊対象層：中学生から大人まで